# 金阁寺

[日]三岛由纪夫——著
代珂——译

北京出版集团公司
北京十月文艺出版社

新经典文化股份有限公司
www.readinglife.com
出　品

# 金阁寺

# 第一章

自幼年时，父亲便常对我提及金阁。

我生在舞鹤东北一座孤零零地伸进日本海的半岛上。那里并非父亲的故乡，舞鹤东郊的志乐村才是。他背负着热切的期望，在这偏僻半岛的寺里做了住持，在当地娶妻生子。

成生半岛上的这座寺庙附近并无合适的中学，我不得不离开父母，寄身于父亲故乡我的一个叔父家，每日徒步前往东舞鹤中学念书。

父亲的家乡有着近乎无止境的日照，不过每年十一、十二月时，即便是万里无云的晴好日子，一天也要下四五回雨。我总觉得，自己喜怒无常的心境就是因那片土地才养成的。

每到五月，傍晚放学后，我就会从叔父家二楼的书房眺望对面的小山。新绿的山腰在夕阳的映照下好似荒野间平地而起的金箔屏风，它让我想象起金阁来。

我经常在照片和教科书上见到现实中的金阁，可父亲口中虚幻的金阁却在我的内心占据上风。父亲从未提过现实中的金阁如何光芒璀璨，可他的话总让我觉得这世上再无比金阁更美之物，且“金阁”这两个字，这音韵在我内心勾勒出的金阁是那样无与伦比。

每当见到阳光照耀在远方的田地，我都觉得那是来自目不可及的金阁的投影。吉坂岭作为京都府与福井县的交界，恰巧位于志乐村正东方，太阳就从那里升起。我总能从山峦间的朝阳中望见高耸入云的金阁，即便现实中的京都处于完全相反的方位。

如此这般，金阁时时向我显现，可在现实中我却不得见，这一点很像此地的海。舞鹤湾就在志乐村往西一里半处，但由于山脉遮挡，从志乐村看不到海。然而这片土地上总有着某种海的迹象。有时可以闻见风中海水的气息，起风浪时成群的海鸥避难而来，就落在附近的田野。

我体格本就不好，无论跑步或单杠都不及旁人，再加上天生口吃，更让我的性格愈发内敛。大家都知道我是寺庙出身的孩子，爱使坏的孩子总在学结巴和尚念结巴经。讲谈[1]中有一出

---

①日本大众说唱艺术的一种，指对听众讲述历史故事或虚构故事。

结巴捕快出场的故事，他们常常故意大声念给我听。

结巴，毫无疑问在我与外界间设下了一道屏障。我总是无法完美地完成最初的发声。这最初的一声是打开我的内在与外在之间那扇门的钥匙，然而我一次都没有顺利地打开过。正常的人自由地操控语言，让内在与外在之间的窗口永远开放，使空气通畅清新，我却无论如何也做不到。我的钥匙已经锈迹斑斑。

结巴让我为了发出最初的一声而焦躁不堪，就像一只小鸟为挣脱那张内在的、黏稠的网而不停扑打着翅膀。终于脱身时，一切都已太晚。有时我拼命挣扎，外界的现实也似乎停止了一切运转，只为等我，可为我而等待的现实已不是新鲜的现实。我几经周折终得置身于外在，可那里总会瞬间变色，一切都不再真实……就这样，永远只有不再新鲜的现实、几乎散发着腐臭的现实摆在面前，让我觉得那才是我应得的。

不难想象，如此的少年心里抱有两种截然相反的权力意志。我喜欢历史上有关暴君的记载。我若是一个结巴而少言寡语的暴君，家臣们必然得察言观色、战战兢兢地度日。我没有任何必要用明确而流畅的语言去为我的暴行正名。使一切残酷和暴虐正当化的，正是我的沉默。就这样，我幻想着将平日里藐视我的老师和同学们一个个处死，同时又幻想着自己将成为内在世界的王者、一个达观超然的大艺术家，这些幻想令我快乐无比。我只是外在贫瘠，我的内在比任何人的都丰沃。一个少年身背无法逃避的缺陷，却在内心偷偷期待自己正是那个被上天选中的人，这不是再正常不过吗？我觉得，在这个世界的某处，有一个我自身都无从知晓的使命在等着我。

我想起一件无关的小事。

东舞鹤中学是一座被群山环绕、拥有大型操场的新式学校。

五月的某天，一个在舞鹤海军机关学校就读的学长趁休假的工夫回母校游玩。

他那黝黑的皮肤、压得很低的军帽、帽檐下挺拔的鼻梁，从头到脚无不显出青年英雄的风姿。他站在学弟们面前，讲述着纪律严明的生活如何艰辛，本该痛苦难耐的生活在他口中似乎变得豪华而奢侈。他举手投足之间充满自豪，年纪轻轻就深知自身的谦逊所具有的价值。他高挺着军装胸前的横条刺绣，仿佛一尊乘风破浪、义无反顾的船头雕像。

他坐在大谷石砌成的台阶上，几层石阶的下面就是操场。四五个学弟痴迷地围在他身边，郁金香、银莲花、香豌豆、虞美人这些属于五月的花在四周斜坡上的花坛中争相盛开。在他头顶，厚朴树的枝头正开出大朵洁白而丰腴的花瓣。

讲话者与听众都好似雕像一般一动不动。我距离他们两米开外，独自坐在操场边的长凳上。这是我对五月绽放的花朵、充溢着自豪的军装和爽朗的笑声所示以的敬意。

比起崇拜者，那位年轻的英雄反而对我更在意。只有我看起来并未拜倒在他的威风之下，这伤害了他的自尊。他向众人打听我的姓名，随后朝初次见面的我招呼道："哎，沟口。"

我保持沉默，郑重地与他对视。他朝我露出的笑容里，有种近似于面对权力时的谄媚。

"怎么不回话？你小子是哑巴？"

"我、我、我是个结巴。"崇拜者之一替我回答，引得旁人一齐捧腹大笑。

嘲笑，这是一种多么耀眼的行为。这群同龄人所展露的少年特有的残酷笑容，在我看来就像是折射在一丛茂密植被上的阳光，是那样耀眼。

"哼，原来是个结巴。你小子要不也来海军机关学校试试？只要一天就能治好你。"

不知为何，我竟当场流利地回应。那些流畅的话语似乎与意志并无关联，一下子就说出了口。"我不去。我以后要出家做和尚。"

大家都不作声了。

年轻的英雄俯身折了根草茎，叼在嘴里。"哦？这么说，再过个几年，我说不定还要麻烦你呢。"

那一年，太平洋战争已经开始了。

此时我心里确实已产生了某种自觉——张开双臂，等待黑暗世界的到来。最终，那些五月的花、军装、刻薄的同窗都将落入我手掌——那份自己正从最底端拉扯、紧抓着这个世界的自觉。然而这样的自觉，若作为一个少年的骄傲与自豪，又太过沉重。

我曾经希望的骄傲，必须是更轻盈、更光明、更历历在目、更璀璨绚烂的。我想要一种能看在眼里的东西，一种所有人都能看见、又能够成为我的骄傲的东西。比如说，他挂在腰间的短剑便正是如此。

每个初中生都渴求的短剑实在是美丽的装饰。早有人说海军学校的学生们都偷偷用那短剑削铅笔，然而故意将那象征着庄严的东西用在日常的小事上，又是何等洒脱之事。

就在那时，海军机关学校的军装被脱下来挂在涂了白漆的栅栏上，一起被挂上去的还有裤子和白色的贴身衬衫……它们紧挨着花丛，释放出青年带有汗液的体味。蜜蜂错停在这闪耀着白色光芒的衬衫之花上歇脚。金穗点缀的军帽挂在栅栏上，就像当初在他头上时一样，压得那么端正、那么深。他受了学弟们的撺掇，到后面的摔跤场去了。

这堆被脱下来的衣物给人一种象征光荣的墓地的印象，五月的繁花更让这一印象愈发鲜明。尤其是那顶黑色帽檐折射着光的军帽，还有挂在旁边的皮带和短剑，它们如同从他身体上剥离下一般，愈发蔓延出一种抒情的美，简直如同回忆一般——它们看上去就像是那名青年英雄的遗物。

我观察了四周，确定没有人在。摔跤场上响起了呼喊声。

我从口袋里掏出锈迹斑斑的削铅笔用的小刀，一言不发地走上前去，在短剑那华美的黑色剑鞘背面，刻下了几条丑陋的划痕。

听完这个小插曲，一定有人当即将我看作一个富有诗人气质的少年吧。然而时至今日，别说诗了，我连日记都没有写过。以其他方面的才能弥补自己劣于常人的部分并试图以此出类拔萃，此种冲动在我心里少得可怜。换言之，以艺术家自居就过于傲慢了。以暴君或大艺术家自居的梦永远是一个梦，我从未试图通过实际行动去完成任何事情。

不被人理解成了我唯一的骄傲，于是再没有了表现上的冲动，试图让人去理解什么。我觉得，宿命决定了我将不被给予任何可为人所关注的东西。孤独日渐膨胀起来，就像一头猪。

我的回忆突然停留在一件发生在我们村里的惨剧上。那件事实际与我没有任何关联，可我总有一种切实的感觉，觉得它与我相关，我甚至参与其中。这种感觉从未消失过。

那件事让我彻底地、赤裸裸地面对了所有。人生、肉体的快感、背叛、憎恨与爱，一切。但对于潜藏在一切背后的重要而崇高的部分，我的记忆选择了否定它、过滤它。

与叔父家相隔两户的人家有一个美丽的女儿，名叫有为子，一双眼睛大而清澈。或许因为家境富裕，她总是一副盛气凌人的态度。受到众人宠爱的她喜欢独来独往，有种让人捉摸不透的感觉。嫉妒心重的女人们都在背后议论，说她可能还是处女，看面相就知道以后恐怕生不出孩子。

有为子从女校一毕业就在舞鹤海军医院当了护士。她家离医院不远，可以骑自行车上下班，但她上早班时需要拂晓就出门，所以比我们上学还要早两个钟头。

一天晚上，我幻想着有为子的身体，沉溺在暗郁的虚妄中无法入眠，最后天还没亮便起床套上运动鞋，出门走入夏季拂晓前的黑暗中。

对有为子身体的幻想并非始于那晚。一次次欲罢不能的思绪日渐堆积，仿佛胶着在了一起，有为子的身体也终于从中凝结成为一具雪白而富有弹性、被暗影包裹着飘散出体香的血肉之躯。我想象着触碰它时指尖的温热和肌肤回应在指尖的弹性，以及阵阵花粉般的香甜。

我沿着拂晓之路笔直地朝前跑，脚下的石子都不来碍事，黑暗自在地为我开路。

前方的道路逐渐明朗，我已身处志乐村安冈的郊外。那里有一棵硕大的榉树，树干因朝露而变得湿漉漉的。我藏身于树根后，等待着有为子骑着自行车从村庄方向驶来。

我等待，并非为了做什么。我一路亢奋奔跑而来，在榉树荫下歇脚，对于自己接下来的打算一无所知。不过我的确有所幻想，因为一直以来我的生活几乎与外在无缘，于是便以为只要一旦闯入外在，一切都会变得容易、变为可能。

花蚊子叮了我的脚。公鸡陆续开始打鸣。我看清了路的尽头，远方出现一个微小的白点，看上去就像破晓的曙光——是有为子。

有为子似乎骑着自行车。车前灯亮着。自行车往前滑行，没有一点声响。我从榉树荫下走出，迎了上去。自行车在慌乱中急急停住。

我感觉自己变成了石头。意志也好、欲望也好，一切都变成了石头。外在与我的内在毫无关联，再一次切实地存在于我的四周。我冲出叔父的家门，穿着白色运动鞋沿着拂晓的道路跑进榉树荫下，只不过是置身于自我的内在中完成一次狂奔。村里那一个个在拂晓中隐约显出轮廓的屋檐、黯淡的树影、黑漆漆的青叶山顶，甚至眼前的有为子，都近乎完全地缺失了意义。还未等我参与其中，现实就被赋予在它们那一边，而那毫无意义的、巨大而黑暗的现实，又以我不曾领略过的重量加在我头上，压迫着我。

言语应是化解眼前困境的唯一手段——我如往常般想到，这是我所特有的误解。必须有所行动时，我的注意力却总被言语吸引，因为言语总是难以从我的口中发出，而这件事会困扰我，让我忘记了行动。在我看来，行动这种光怪陆离的东西，应该永远与光怪陆离的言语为伴。

我没有在看任何东西，不过我觉得起初有为子还有所恐慌，在发现是我之后就一直盯着我的嘴巴。或许她只是一直盯着这拂晓之中无意义地蠕动着的、平淡无奇的黑色小洞，这如同野生小动物的巢穴般肮脏而粗糙的小洞——我的嘴。随后她确定了那里没有一丝同外在相联系的力量，才安下心来。

“干什么？一个结巴，还动歪脑筋。”

有为子的声音里带着犹如晨风般的端庄和清爽。她按响车铃，脚又蹬在了踏板上，像绕开一块石头般绕过了我。已经看不见有为子了，可我却时不时听到朝着远处田地而去的她讥讽般地按响铃铛。

那天晚上，因为有为子的告发，她的母亲找上了我叔父的家门。平日里温顺的叔父对我一顿痛斥。我开始诅咒有为子，希望她死。几个月后，诅咒应验了。从那时起，我对咒人一事深信不疑。

我不分昼夜地诅咒有为子死，诅咒见证我耻辱的人尽数消失。只要没了证人，耻辱也就从这世上被斩草除根了吧。他人全是证人，而若他人不存在，耻辱这东西也就无从而生了。我从有为子的面庞中，从她那在拂晓中如水般闪闪发光、直勾勾地盯着我嘴巴的眼睛深处，看到了他人——那些绝不会放任我们独自逍遥的、进而成为我们的共犯和见证人的他人——的世界。一切他人必须灭亡。为了我可以面对光明，世界必须灭亡。

有为子告发我两个月后，她辞去海军医院的工作，闭门不出。村里的人传了不少闲话。那年秋末，那件事就发生了。

我们做梦也不会想到，海军的逃兵竟会躲进这村里。那天正午时分宪兵来到村里的办事处，不过宪兵出现不是什么新鲜事，不会让人过多联想。

那是十月末一个晴朗的日子。我如往常一样上学，夜里做完功课，到了该睡觉的时候。正打算关灯，听到下面的村道上传来众人如狗群般喘息奔走的动静。

我跑下楼去，只见一个同学正瞪圆了眼，冲刚起身的叔父、婶母和我喊道："就刚才，在那头，有为子让宪兵给抓了！一起看看去！"

我蹬上木屐就跑了出去。晒稻的架子四散地支在刚收割过的田地里，在月光皎洁的夜晚投下清晰的黑影。

几个黑乎乎的人影聚集在一片树丛边动来动去。有为子身着黑色的西式服装瘫坐在地，脸色苍白，身边围着四五个宪兵和她父母。一个宪兵攥着类似便当包袱布的东西愤怒地叫喊着。有为子的父亲慌乱地团团转，时而朝宪兵们赔罪，时而斥责女儿。她的母亲则蹲在地上哭泣。

我们隔着一块田地，站在田埂上眺望。好事者渐渐多了，肩膀挨着肩膀，沉默不语。月亮就在我们头顶，小巧得如同被揉捏过一般。

同学在耳边向我说明了一切。

有为子拿着包有便当的包袱布走出家门，打算去往相邻的村子，结果被埋伏在半路的宪兵截下。便当无疑是给逃兵准备的。逃兵和有为子在海军医院相好，怀上身孕的有为子被医院赶了出来。宪兵质问逃兵的藏身处，有为子僵坐着寸步不移、沉默顽抗……

而我，一直盯着有为子的面庞，眼睛一眨也不眨。在我眼里，她就像一个被囚禁的疯女人。在月光下，她的表情有如凝固了一般。

那天之前，我没见过那样决绝的脸。我一直觉得，自己的脸是一张为世间所拒绝的脸，然而有为子的脸却在拒绝着世界。月光毫不留情地从她的额头流过她的鼻梁和脸颊，她却纹丝不动，任由那张脸接受着月光的冲洗，仿佛只要微微一转眼、轻轻一动唇，她所抗拒的世界就要乘虚而入，如雪崩般汹涌袭来。

我屏住呼吸，注视着。历史在那里被截断了，无论面向未来或过去，那张脸都沉默不语。像她那样不可思议的脸，我曾在刚伐倒的大树的树桩上见过，虽带着新鲜而娇嫩欲滴的颜色，成长却在此终止，将要面对的是本不该面对的日晒风吹。她的脸就好像那突然被暴露在本不属于自身的世界、却还描画出美丽年轮的横切面一般不可思议。那是一张为了抗拒才被带到这个世界上的脸……

当时的我深深地相信，有为子的脸庞如此般美丽的瞬间，无论是在她的一生还是作为旁观者的我的一生中，都不会再有第二次。然而这一瞬间比我想象的还短暂，美丽的面庞忽然有了变化。

有为子站了起来。我似乎看见她在笑，看见她洁白的门牙在月光下闪闪发光。关于有为子当时的表情变化，我无法再描述更多，因为起身后她的脸就躲开了明晃晃的月光，融进树丛的黑影里。

很可惜，我没能看见有为子下定决心背叛时的表情变化。当时若能观察到她的每个细节，对众人的宽恕之心、对一切丑恶的宽恕之心或许就会在我心中萌芽了。

有为子指向邻村鹿原的山岭处。

“是金刚院！”宪兵喊道。

之后，就连我都感到了一种如孩子欢闹着过节般的愉悦。几个宪兵分头行动，将金刚院四面围住，村民们也被要求配合行动。出于落井下石般的想法，我同其他五六个少年一起加入了让有为子带头的第一小队。月光下的路上，在宪兵的监视下，走在最前方的有为子步伐坚定无比，令我震撼。

金刚院是一座名刹，位于从安冈步行约十五分钟的山岭背阴处。那里有高丘亲王亲手种植的柏树，还有一座据传出自左甚五郎之手的优雅的三重塔。夏天我们常常在那里后山的瀑布下戏水玩耍。

大殿四周的院墙紧挨着河边，坑坑洼洼的墙头上生满芒草，白色的草穗即便在暗夜里都光彩夺目。山茶花在大殿正门处盛开着，我们一行人沿着河默默前行。

要到金刚院的佛堂还要再爬一段山路。独木桥的那一头，右边是三重塔，左边是枫树林，再往前便是一百〇五级青苔斑驳的石阶，层叠高耸。台阶由石灰石砌成，极易打滑。

过独木桥前，宪兵转身挥手示意队伍停止前行。听说这里从前曾立着运庆、湛庆打造的仁王门，从此处往后的九十九谷群山都属金刚院领地。

我们屏住了呼吸。

宪兵催促有为子，她先只身过桥，我们随后跟上。底层的石阶被包裹在黑暗中，中间往上的部分暴露在月光下。我们分散着藏在石阶底部的阴影中，开始变色的红叶在月光下泛出黑色光芒。

石阶上方便是金刚院的大殿，从大殿往左斜伸出一条游廊，另一头连着外形好似神乐殿的佛堂。那佛堂架在半空中，借鉴了清水寺舞台的设计，由层叠在下方山崖中众多木柱和横木组成的木基支撑而起。佛堂、游廊和那些交错的木基受了风雨的洗礼，显得洁净而苍白，犹如白骨。红叶盛时，其色彩同这白骨般的建筑相融得恰到好处，可夜色中沐浴着斑驳月光的层层木柱却显出些许诡异，甚至妖艳。

逃兵似乎就藏在这空中楼阁般的佛堂里。宪兵打算以有为子作饵诱捕他。

我们这些证人则躲藏于暗影之中，敛声屏气。身处十月末清冷夜色的包围中，我却感到脸颊十分燥热。

有为子独自一人攀登着一百〇五级石灰石台阶，犹如一个疯子般趾高气扬。她的衣服和发丝漆黑，唯独美丽的侧脸显得苍白。

月亮、星星、夜空、云朵、借助高耸的巨松得以与天相接的山峦、斑驳的月影、泛着苍白的建筑，在这一切事物当中，蕴含在有为子的背叛里清澈的美使我沉醉。她有资格独自一人昂首挺胸地攀登那雪白的石阶。那背叛和星星、月亮、巨松一样，和我们这些证人一起存在于世界之中，全盘接受了这自然。她代表着我们，一步步地攀登。

我无法停止这样去想，不禁激动地喘息起来。

通过这次背叛，她终于也包容了我，就在此刻，她是我的。

那件事在记忆中的某处越陷越深，顺着布满苔藓的一百〇五级台阶攀登的有为子却还在眼前，看上去就像是要顺着石阶一直往上，永不停歇。

可接下来的她却和刚才判若两人。似乎已爬上石阶顶端的有为子再一次选择了背叛。她背叛了我，背叛了所有人。那之后的她既不拒绝整个世界，也没有选择全盘接受。她只是任由自己成为一个委身于爱欲的秩序当中、为一个男人沦落的女人。

所以每当我试图回忆，那场景都如同老旧的石版画一般。有为子在游廊上朝着佛堂深处呼喊。一个男人的身影出现了，有为子朝他说了些什么，只见男人举起了手中的枪对着石阶中段射击。宪兵立刻用手枪应战，从石阶中段的阴影中射击。男人再次举枪，对准了试图逃往游廊深处的有为子，朝她背后连续开了好几枪。有为子倒下了，随后男人将枪口对准自己的太阳穴扣下扳机。

宪兵冲在前方，大家都争先恐后地在石阶上攀爬，朝二人的尸体狂奔，我却蜷缩在红叶的暗影下没有动弹。苍白的木桩纵横交错，耸立在我头顶。在它们的上方，由木板铺成的游廊上，众人踩踏的脚步声变成十分微小的音符飘落而下，还有两三支手电筒的光束胡乱地扫射，偶尔穿过围栏落在满是红叶的梢头。

眼前的一切在我看来却十分遥远。只有流血才会令愚钝的人们狼狈，然而流血之时，悲剧已落幕。我的意识在不知不觉间朦胧了，再睁眼时，被众人遗忘的我竟被小鸟的鸣啼围绕。朝阳径直射向红叶下的层层枝杈，高台下白骨般的建筑在日照下似乎也复苏了一般。它们静静地、高傲地托着上方的佛堂，将其呈向有着红叶的山谷之中。

我站起身，止不住的颤抖令我使劲揉搓着身体的每一处。冰冷的感觉还留在体内。留下的，也只有冰冷的感觉。

次年春假，父亲一身国民服[1]外披袈裟的打扮来到叔父家，说要带我去京都住两三天。父亲的肺病急剧恶化，我几乎不敢相信他的衰弱模样。不光是我，叔父一家也劝阻那次京都之行，但父亲不听。后来我才明白，父亲是想在有生之年将我引荐给金阁寺的住持。

去往金阁寺自然是我长久以来的梦想，可即便父亲强打精神，任谁也能一眼看出他已病重。我并不期待同他一起踏上旅途。动身前往从未见过的金阁的日子越来越近，我心中却生出了踌躇。无论如何，金阁必须是美丽的。相对于金阁自身的美，一切期望都基于我那颗能够幻想金阁之美的心。

就一个少年的头脑所能理解的水平来看，我对金阁也算得上通晓。一本粗浅的美术书里对它有如下记载：

> 足利义满从西园寺家接收了北山殿，改建为规模庞大的行宫。主要有舍利殿、护摩堂、忏法堂、法水院等佛教建筑，伴有宸殿、公卿间、会所、天镜阁、拱北楼、泉殿、看雪亭等用于居住的建筑。其中以舍利殿之打造最为用心，后世称该建筑为金阁。至于何时起改名金阁，划出精确时间已十分困难，据传是在应仁之乱后，至文明年间已广泛

①第二次世界大战期间日本政府规定男子日常必须穿的、类似军装的土黄色衣服。

流传。

金阁修建在宽阔的苑池（镜湖池）边，是一栋临湖的三层楼阁建筑，据推测应建成于一三九八年（应永五年）前后。一、二层为寝殿造，四周以蔀户装饰。三层为佛教风格的禅堂，方三间，栈唐户开在中央，左右配以花头窗。攒尖式的阁顶以云片柏树皮铺叠，顶端置有铜制镀金凤凰。突入湖中的人字形屋顶钓殿（漱清），打破了整体上的单调。阁顶曲线柔和，椽子间隙宽松，做工精细而轻巧优美，在住宅建筑上配以佛堂风格加以调和，是庭院建筑中的杰作。它代表了足利义满融入贵族文化的个人情趣，如实传承了当时的时代氛围。

足利义满死后，遵其遗命，北山殿被划为禅宗寺院，命名鹿苑寺。其中建筑或被迁移他处，或遭弃用荒废，唯有金阁得以幸存。

犹如夜空明月，金阁是作为黑暗时代的象征诞生的。因此我幻想中的金阁，离不开纠缠在其四周的阴暗背景。在一片阴暗中，优美而纤细的木柱构造从内部发出微光，沉静地安坐。无论人们向这座建筑发出怎样的言语，美丽的金阁只能是无言的，它必须将精致的构造敞露，以此对抗周围的阴暗。

我又想到金阁顶端在漫长岁月中历经风雨的镀金凤凰。这只神秘的金鸟既不啼晓，也从未振翅，定已忘却是一只鸟的事实。然而，若就此便以为它并不高飞，那就错了。相比其他鸟类在空间中穿梭，这只金凤凰则伸展流彩的双翼，永恒地在时间中翱翔。时间撞击着那对羽翼，撞击，随即流向后方。要继续这翱翔，凤凰只须保持不动的姿态，怒睁双眼，高展双翅，任尾翼迎风翻飞，稳稳站定庄严的金色双足。

这样一想，金阁本身于我似乎也成了一艘华美的、跨越时间之海而来的船。美术书中“少有隔墙，结构通透”的描述让我联想到船舶的构造，更觉得这复杂的三层阁楼船所临的湖就象征着海洋。金阁渡过了无数暗夜，这是不见尽头的远航。白昼时，这艘神奇的船若无其事地落锚，任由人群往来参观，待夜幕降临便从黑暗中蓄势出航，阁顶一如扬起的风帆。

不夸张地说，我人生中最初遭遇的难题，便是关于美。父亲是一名普通的乡下僧人，词汇贫乏，只教我道“这世上再无比金阁更美之物”。在自己未知的某处已有了所谓美存在，这一感知不禁令我不满又焦躁。如果美确实存在于彼处，那么我这个存在就已被排斥在了美之外。

金阁于我也绝不仅是一个观念。群山阻隔了我的远眺，但它仍是一个只要我想见便可以去见的实物，即是说美是可以触及指尖、可以映入眼帘的一件实物。在世间的万千变化中，不变的金阁确实存在，这我早就知道，也一直相信。

有时我觉得金阁是可纳入掌中、小巧精致的工艺品，有时我又觉得它是无止境地高耸入云、巨大怪异的庙宇。美是既不大也不小的适度之物——年少的我脑中并无此概念，因此当我看见小巧的夏花，看见它被朝露润湿后折射出朦胧的光晕，我会觉得它如同金阁般美丽；而当我看见乌黑的云层在山的另一边集聚，只在黯淡的轮廓处泛起电光、散射着金辉，那恢宏也令我想起金阁。终于，当我眼见美人的脸庞，竟也在心中形容其“如金阁般美丽”了。

那是一次让我莫名哀伤的旅行。舞鹤线列车自西舞鹤起，在真仓、上杉等小站一路停靠，经绫部一路往京都而去。列车并不干净，到保津峡一带多隧道的路段时，煤烟肆无忌惮地窜进车厢，几乎令人窒息的烟尘让父亲咳嗽不止。

车上的乘客大多跟海军沾些关系，三等车厢内挤满了下士、水兵、工人和从海兵团探亲归来的家属。

我朝车窗外望去，春天的天空多云而阴沉。我看了一眼父亲的国民服胸前的袈裟系扣，又看了看血气方刚的下士镀金纽扣下紧绷的胸脯，觉得自己正处于两者之间。或许不久后我年满二十，也将被送进军队，但即便我真的成了军人，又是否能像眼前这些下士一样，为忠于自身的使命而活？无论如何，我还横跨在两个世界之间。我还这样年轻，却能感受到在丑陋而顽固的额头下，父亲所司职的死之世界和青年们的生之世界正以战争为媒介渐渐联结。或许我将成为那个联结点？若我战死，或许可以证明无论选择眼前路口的哪个方向，结局恐怕都一样。

我的少年时期混沌地充斥着若明若暗的色调。我害怕漆黑的暗影世界，但如白昼般清晰明朗的生机也不属于我。

我照顾着咳嗽不止的父亲，不时地看看车窗外的保津川，它就像化学实验时使用的硫酸铜，泛着浓郁的湖蓝色。每次列车进出隧道，保津峡或在铁路远方，或出人意料地逼近面前，被光滑的岩石包围着，那湖蓝色的辘轳旋转着发出轰鸣。

在列车上打开装有白米饭团的饭盒令父亲感到羞愧。“这米也不是偷买来的，既是施主的好意，咱们就感恩受领了吧。”父亲像是故意让周围的人听到似的，讲完才开始进食。饭团并不大，但吃下一个也使他几乎喘不过气来。

在我看来，这满是烟尘的老旧列车并非是朝京都而去，而是正驶向死亡的站台。有了这样的想法，每当列车进入隧道，涌进车厢的煤烟里竟都有了火葬场的味道。

当我真正来到鹿苑寺的山门前，内心终于还是激动了起来。很快，我将能见到这世上最美的事物了。

日头渐斜，群山被晚霞环绕。几名游客同我们父子一起穿过了山门。门的左边有一片梅林，如今仅点缀着些残存的花朵，将一座钟楼围在当中。

大殿前种有一棵巨大的麻栎树，父亲站在玄关处请人传达。住持正接待来客，希望我们再等二三十分钟。

“趁此机会去看一看金阁吧。”父亲对我说。

父亲可能本打算让我见识别人如何卖他面子，让我们免费进门参观，只可惜无论是卖票的、卖符的，还是在门口检票的，都早已不是十几年前他常来时的那些人了。

“下次来时，肯定又要换人了。”父亲板着脸道。

我能察觉，对于“下次来时”这几个字，父亲并不确信。

我还是如少年般（只有在这样的时候，在需要刻意表现的场合，我才显得像个少年）欢快地几乎小跑着冲在前头。朝思暮想的金阁就那么平淡无奇地在我面前现出全貌。

我在镜湖池的这边，金阁则面向斜阳，与我隔湖而立。漱清在金阁左边靠里的一侧，只露出了半边，池水被藻类和水草零星地割裂开来，碎片里都是金阁精致的倒影，反而是这些倒影看起来更为完整。西边落日的余晖经湖面反射，在各层的房檐下闪动，与周围的亮度相比，房檐下的闪光显得鲜明炫目，看起来好似一幅夸张地使用了透视法的静物画。这让金阁显得威严而巨大，不禁令人望而却步。

“是不是很美？一楼名曰法水院，二楼潮音洞，三楼究竟顶。”父亲因病而变得皮包骨头的手放在了我的肩头。

我变换角度，歪头眺望金阁，内心没有一丝感动。那不过是一座旧得发黑的三层小楼。就连阁顶的凤凰，看起来也只不过是只歇脚的乌鸦。别说美感，我简直感到了莫名的焦躁。所谓的美，竟是指此等不美之物？我在心里想到。

若我是一名谦虚好学的少年，面对如此草率的失落，必然早已感慨起自己有眼无珠。但我对它的美是那般期待，以至于期望落空的痛苦夺走了其他一切反省。

我甚至觉得金阁刻意隐藏了它的美，转而以另外某种姿态示人了。美的事物出于自我保护而掩人耳目，这很有可能。我得更加接近金阁，去除我眼中感到丑陋的障碍，逐一检查细节，亲眼见证美的核心。既然我只相信亲眼所见的美，这种态度对我来说是理所当然的。

父亲带着我毕恭毕敬地踏上法水院的外廊，最先映入眼帘的是摆放在玻璃柜台中精巧细致的金阁模型。这模型深得我意，反而更接近我朝思暮想的金阁。大金阁当中放着构造相同的小金阁，就像是大世界中存在着小世界，使我联想到无限的呼应。我终于可以开始幻想，幻想远远比这模型还要微小却完整的金阁，以及比真正的金阁大无限倍、大到几乎要装下整个世界的金阁。

不过我并没有一直驻足于模型前。父亲又带我看了享有盛名的国宝——足利义满像。这木像以足利义满剃度后的法号命名，被称为鹿苑院殿道义像。

它在我看来也只不过是一尊脏兮兮、莫名其妙的破旧人像，我未能从中发觉任何美感。上至二层潮音洞，看到了据传是狩野正信亲笔所画的天人奏乐屋顶壁画；再至最上层究竟顶，看到了残存于每个角落里可怜的一点金箔痕迹，然而这些都不能让我感觉到美。

我趴在纤细的栏杆上，百无聊赖地俯视湖面。水面在夕阳的照射下犹如生了锈的古代铜镜，金阁的倒影正好落在镜面之上。水草和藻类的更深处，倒映着傍晚的天空。那片天空和我们头顶上的不一样，它清澄透明，充满寂静安详的光，从下方、从内侧将地表之上的世界吞没，金阁在其中，如同一个巨大的、生满黑锈的纯金船锚，不断下沉。

寺中住持田山道诠师父与父亲是在禅堂相识的好友，他们共同度过了三年的禅堂生活，其间吃住都在一起。两人曾一起前往相国寺——这也是由足利义满将军所建——按传统规矩完成了庭诘[①]和旦过诘[②]仪式，一起入众[③]。不仅如此，在很久以后的一天，道诠师父心情好时还告诉我，他与父亲不光一起吃苦，还一起在开枕过后翻墙出去寻花问柳。

我们父子二人瞻仰完金阁，重回大殿门口恭候，随后被带着穿过又长又宽的走廊，去到位于大书院里住持的房间，栽种了天下闻名的陆舟之松的庭院从那里一览无余。

身着学生服的我双膝紧并，端正地跪坐，相反父亲进屋后却表现出些许随意。此处的住持与父亲虽说经历相似，面相却全然两样。父亲久病衰竭、举止寒酸、肌肤干枯，而那道诠师父看上去竟如同一颗泛着桃红色的点心。此处不愧是名胜古寺，

①请求入寺修行的第一道考验，请愿人大声表明来历后，将遭到婉拒，此时要在门口将头置于行李之上俯身静候以示决心。

②入寺修行的第二道考验，内容为在狭小的房间内坐禅三日。

③通过考验后被认可为寺中一员允许入寺。

住持的桌上摆满了从各地寄来的包裹、书籍杂志和信件，堆积如山，连开封都来不及。住持用他那丰腴的手指拿起剪刀，利落地拆开一个包裹。“这是东京寄过来的糕点。如今这世道，这样的糕点可不多见。听说店铺里已经不卖了，都直接进贡给军队和官府。”

我们品着清茶，吃上了那从未尝过的如干果子[①]般的西式糕点。越是紧张，粉就越是撒个不停，全落在我闪闪发光的黑色哔叽制服的膝头。

父亲与住持谈起军队和官僚一味看重神社却轻视寺院，愤慨于他们不仅轻视还要打压，讨论着往后寺院的经营该何去何从。

住持有些发福，脸上当然也有皱纹，只是每一处褶皱似乎都从最深处得到了清洁。整个圆脸上唯有鼻子很长，就像一段自然流淌凝固的树脂。脸长得这般风格，剃过的头却显得庄重威严，好像全身所有精力全都汇聚在了头上，也只有这颗头才具有浓郁的动物气息。

父亲与住持转而聊起了僧堂修行时的回忆，我则眺望着庭院里的陆舟之松。巨大的松树枝杈低垂，看上去好似一艘船，唯独船首部分的树枝高高扬起。院墙的另一边，从金阁寺的方向传来一阵嘈杂声，应该是赶在闭园前来参观的旅行团。那些

①水分含量较少的日本点心的总称。

脚步声和喧闹声仿佛被吸进了春日傍晚的天空，听来并不刺耳，反倒夹带着一缕柔和圆润。脚步声很快如潮水般远去，那架势不禁令人联想到辗转往复在大地之上的芸芸众生。我仰头凝视金阁顶上那只正收集夕阳最后几丝光亮的凤凰。

“这孩子……”父亲的话语飘到耳边，我转头向他望去。就在那间几乎已完全昏暗的室内，我的未来正由父亲托付于道诠师父。“我想我已时日无多，到时还请一定将这孩子……”

道诠师父竟也未多说一句宽慰安抚的话语。“好，我答应你。”

我没想到，二人在这之后居然就兴味盎然地谈起众多高僧弥留之际的逸闻。有位高僧留下一句“唉，我不想死”就死了；另一位高僧就如同歌德一般，在死前说“让更多的光进来吧”；据说还有一位高僧临死前还在核对寺里的账本。

我们受寺里招待吃了称作“药石”的晚饭，当晚就在寺里住下。晚饭后，我央求父亲再去看金阁，因为月亮正升上夜空。

父亲因同住持久未谋面而兴奋，其实也很累了，但一听到“金阁”二字便将手搭在了我的肩上，喘着气与我同行。

月亮从离不动山不远的地方爬升。金阁从背面接受月光的照射，寂静地折映出复杂而昏黑的暗影，只有究竟顶上的华头窗棂上仍有月影流淌。究竟顶的天花板是通透的，不禁使人以为或许就有几缕月光住在那里。

夜行的鸟鸣叫着，从苇原岛的背面飞了出去。我感受到了自己肩膀上父亲那只瘦骨嶙峋的手的重量。当我朝肩膀看时，在月光的映照下，我看见父亲的手变成了白骨。

曾让我无比失望的金阁，它的美在我返回安冈后竟日复一日地在我心中被唤醒，不知不觉间竟成长为较先前更美的金阁了。我无法说出它究竟美在哪一方面，只能认为是在梦想中孕育成长的东西经过现实的修正后，反而更突显了其在梦想中的美好。

我已不再从眼前所见的风景和事物中追寻金阁的幻影，渐渐地，金阁变得更深刻、更坚固、更实在了。它的每根木柱、华头窗、屋顶和顶端的凤凰全历历在目，仿佛一伸手就能触碰到。它那精致的细节和复杂的全貌相互呼应，就好像回忆起一段旋律就听见了整首乐曲一般，无论观察哪一处细节，金阁的全貌都呼之欲出。

“父亲所言极是，金阁是这世上最美之物。”我以此句开头，给父亲写了一封信。父亲将我带回叔父家之后，就立刻回他那荒芜半岛的寺里去了。

回应我的是母亲的一封电报。父亲在一次严重的咯血之后去世了。

# 第二章

我真正的少年时代因父亲的死而终结，而我的整个少年时代都缺乏对他人的关注，这一事实令我愕然。当我发现面对父亲的死自己竟然没有丝毫悲伤之时，这份愕然甚至无法再称之为愕然，而是某种无力的感怀了。

我赶到时父亲已入棺，因为我要步行至内浦，在那里坐船沿海岸线一路赶往成生，这就花去了整整一日。当时还未进入梅雨季，在充足的日照下每日都是高温。我匆匆见了他一面后，棺木就被抬至荒凉半岛上的焚烧处，在海岸边烧掉了。

乡下寺庙里的住持死掉，这是件怪异的事，用怪异来形容再贴切不过了。因为他是这片土地上的精神支柱，也是要守护一众施主信徒的一生，并被托付了他们的身后事之人，可他却死在了寺里。这就好像一个人四处教导他人应该如何去死，最后竟在亲身示范时不慎丧命，实在令人感叹其对自身职责的完美履行，竟像是某种意外。

父亲的棺柩被安置好，就像是被镶进了一处早已为其准备周全的所在，简直让人觉得有些太过隆重了。母亲、佛家弟子和施主众人都立于棺前哭泣。佛家弟子诵经颇显生疏，仿佛大半还得依仗棺中的父亲指点。

父亲的面容被埋在了初夏的花丛下。花正开得妖艳绚烂，简直令人反感。那些花就像在朝着井底窥视，因为死者的面容已从曾为生者时的面容表面脱离，不断下沉，深陷至无可复返，被留下来面对我们的不过是一副面具。再没有什么比死者的脸更能真实地告诉我们，所谓的物质距离我们多么遥远，而我们对于其存在的方式又是多么束手无策。精神就这样通过死亡转变为物质，而我得以初次接触此般场景。现在，五月的花、太阳、课桌、校舍、铅笔……那些物质与我那样生疏、距离我那样遥远的缘由，我逐渐可以理解了。

母亲同众施主守护着我与父亲最后的照面。我固执的内心并不认可这个词暗示的来自生者世界的臆想。我并不是与父亲照面，只不过在看着父亲死后的面容。

尸体只能被看。我只是在看而已。所谓看，就如同平常根本不会被意识到的那样，看，既是生者权利的证明，同时又可以是如此残酷的表现，对于我来说这是一种鲜明的体验。既不放声高歌也不高声呼喊，手舞足蹈的少年就这样学会了如何确证自身的生。

特别自卑的我，当时甚至连眼角都没有湿润，还满脸愉悦地望向施主众人，而且并没感到羞耻。寺庙建在面海的山崖之上。吊唁的来客身后，夏日的云盘桓在日本海海面上空。

起棺的诵经开始，我加入了其中。大殿昏暗，柱子上挂的幡、内殿吊梁上的华鬘、香炉和花瓶之类的摆设都在闪烁的烛光中忽明忽暗。海风不时地吹进殿内，我身上的僧衣袖口也随之鼓胀。我诵着经，总感到在视野边缘，夏日的云正在强光的蚀刻下缓缓升起。

殿外的光一直无情地泼洒在我半边脸上，那侮蔑令人目眩……

送葬的队伍行至距离焚烧场一两条街时，一场雨突如其来。幸好当时正路过一家态度和善的施主门前，我们才得以连同棺木一起暂借屋檐躲避。雨似乎并无要停的迹象，队伍只得临时凑齐一众人等的雨具，将棺木包上油纸，继续朝焚烧场而去。

村庄东南方向有一座朝外突出的半岛，目的地便在那半岛与陆地相连处，是一片遍布石子的小滩。在此处焚烧时烟尘不会飘往村庄，所以这里一直被作为火葬场来使用。

小滩的波涛格外汹涌。波涛摇摆着，膨胀着，随后破碎四散，其间动荡的水面被雨不停歇地刺穿。晦暗无光的雨只是冷静地将狂乱的海面刺穿。海风则不时击散雨滴，将其吹至荒凉的岩壁上，苍白的岩壁就像被喷墨溅到变成了黑色。

我们穿过山中隧道到达小滩，在劳力们准备火葬事宜的间歇又回到隧道中避雨。

此处看不到任何海景，有的只是波涛、被打湿了的黑色岩石和雨。被抹上油的棺木透显出原木鲜艳的色泽，任由雨滴拍打。

火被点上了。死的是住持，因此领来的油备得充足，火势比雨势更盛，不断地发出如抽响皮鞭般的声音。白日的火焰在浓重的烟尘中显出通透的形状，清晰可见。烟雾不断累积、膨胀，被缓缓地吹向崖壁。一瞬间，淅沥的雨中似乎只有火焰以美妙的姿态徐徐而上。

突然，传来一声物体裂开的恐怖声响——棺盖弹了起来。

我看了一眼身旁的母亲。母亲双手捏着佛珠站在那里。她的脸无比僵硬，看上去又那么小，仿佛剧烈地凝固了，几乎可以置入掌中。

遵照父亲的遗言，我前往京都，成了金阁寺的弟子，当时便跟了住持，剃发皈依。寺中费用全由住持替我负担，作为回报，我负责打扫勤杂，照顾住持日常起居，若在俗世中，地位应与书童相当。

入寺后不久我就发现，本该最难相处的寮头已被征召进了军队，只剩下老人和还年幼的弟子。来到此处后，周遭的种种都让我松了一口气，再不会像出家前在中学里那样，因为是寺里的孩子而被调侃，这里的每一个人都是同类。我与其他人唯一不同的地方就在于，我口吃，还有些丑。

我从东舞鹤中学退学，在田山道诠师父的疏通下，决定转校至临济学院中学就读。距离秋季学期开始已不足一月，但我知道，即便开学也不过是勤劳动员[①]，去周边的工厂出力。如今，我面临的是新环境中仅剩几周的暑假。那是服丧中的暑假，是被置于昭和十九年战争末期的一个寂静的、不可思议的暑假……寺里的佛家弟子生活极为循规蹈矩，当我回想起时，总觉得那是我最后的、绝对意义上的休假，当时的蝉鸣声也全都回响在耳边。

时隔数月重逢的金阁，在夏末的日光下寂静无声。

我刚接受剃度，头皮还泛着稚嫩的青色。空气似乎严丝合缝地贴在了我的头上，这让我觉得自己脑中思考的东西与外在诸事之间仅隔了一层薄弱而敏感、极易破损的皮肤，那是一种难以言喻的危险的感觉。

我仰起这样的头颅眺望金阁。金阁仿佛不光从我眼中，而是透过我的头渗入了身体。我的头因日照而温热，又因晚风而

①为应付战时劳力的严重不足，当时日本的中学生、大学生被强制劳动以支援粮食和军需生产。

顿生凉意。

“金阁啊，我终于来到你身边，在你周边起居生活了。”我停下手中的扫帚，在心中默默低吟，“不必是现在，有朝一日定要向我示以亲近，向我倾吐你所有秘密。我想不用多久，我就能清楚地看见你的美，现在的我还看不清。你要让真正的金阁比我心中想象的金阁看起来更美。再者你的美若真是在这世上无与伦比，那就告诉我为何你能那么美、为何你必须那么美吧。”

那年夏天，坏消息接连不断，在战争阴霾的映衬下，金阁看上去更耀眼、更生机勃勃了。六月美军已登陆塞班岛，盟军已驰骋在诺曼底的大地上。前来参拜的人数骤然减少，金阁似乎很享受这份孤独和寂静。

战乱和不安、无数的尸体和躁动的热血让金阁的美愈发充盈，这是理所当然的。金阁从一开始就是因动荡而建的建筑，是以一个将军为中心的众多心怀鬼胎之人策划而成的建筑。众多美术史家都只能臣服于三层截然不同的设计间的融会贯通，这样的设计一定是为了让动荡在此结晶，是自然而成的结果。如果金阁是以某种安稳的样式建造而成，必然早已无法包容那些动荡，进而崩溃坍塌了。

虽然我一次次地停下手中的扫帚仰望金阁，但金阁就存在于眼前这一事实总是令我感到不可思议。回想当初我与父亲来此拜访，仅住了一夜，彼时的金阁反而未给我这般所感，倒是从今往后将经年共处，金阁将一直存在于眼前，一想到这些竟如此难以置信。

在舞鹤时，我想金阁就在京都一角，且永远地存在于那里。而住进这里后，金阁似乎只有去见时才现于眼前，夜间我在大殿入睡时，金阁就不存在了。因此我白日里动不动便去眺望金阁，惹来同门们的嘲笑。无论看多少次，金阁就存在于那里，这实在令人感到不可思议。而我若在动身回大殿时猛地想回头多看一眼，金阁就会如同欧律狄刻一般顿时消失得无影无踪。

打扫完金阁周边后，我终于可以避开夹带着暑气的朝日，转而往后山通往夕佳亭的小道上去。还未到开园时间，四处不见人影。一个似乎是舞鹤航空队的战斗机编队正轰鸣着以极低的高度从金阁上空掠过。

后山有一片被水藻覆盖的孤寂池塘，名叫安民塘。塘中有小岛，岛上立有一座叫白蛇冢的五重石塔。那附近，清晨时鸟鸣此起彼伏，看不见鸟儿的身影，是整个树林在啼鸣。

池塘边，夏天的草丛在茂盛地生长。小道边竖起低矮的栅栏，隔划出一片草地，那里躺着一名白衣少年，一把用来除草的耙子就靠在他身旁的矮枫树上。

少年猛然起身，那动作简直要划破身旁夏日清晨的空气。

“嗨，原来是你啊。”

眼前这个名叫鹤川的少年，昨晚刚有人向我介绍过。鹤川家在东京近郊一座富裕的寺，他的学费、零用钱和口粮充裕，都由家人寄来，他们只是为了让他体验一番作为弟子的修行生活，才通过住持让他暂寄于金阁寺。暑假他回了老家，昨晚提前回到寺中。鹤川说着一口道地的东京话，待到秋天时，我与他应该在临济学院中学同级。他那欢快流利的说话方式昨夜已让我惊慌失措，现在也是一样。面对他的“原来是你”，我一下子又哑口无言了，而我的沉默似乎被他解读为了一种挑衅。

“行了吧，何必那么认真打扫呢？待人来参观时反正又要被弄脏，而且如今来参观的人本就很少。”

我轻声笑了。我这种不自觉又无意义的笑，在某些人看来似乎是亲切的种子。我就是这样，对于自己给别人留下的印象连一丝一毫都无法掌控。

我跨过栅栏，在鹤川身旁坐下。他还躺在草地上，手臂枕在头下。手臂外侧已被晒黑，内侧还十分白皙，连血管都清晰可见。清晨的阳光透过树梢，在草地上留下淡绿色的光影。凭直觉，我知道眼前这个少年恐怕并不如我般深爱金阁，因为不知从何时起，我已将对金阁的偏执尽数归咎为自身的丑陋。

“听说你父亲死了？”

“嗯。”

鹤川的眼珠机敏地转着，难以掩饰那一副热衷推理的少年模样。“你那么喜欢金阁，一定是因为睹物思人，比如说……可能你父亲生前就很喜欢金阁？”

算是说中了一半的推理也并没使我毫无感动的表情产生任

何变化，察觉到这一点的我甚至有些欣喜。就像每个热爱制作昆虫标本的少年会做的那样，鹤川似乎喜欢将人的情感细细分类，保管在自己房中精致的小抽屉里，时不时地取出来检查比对。

“父亲的死，一定让你十分难过吧，所以你身上才有种孤独的气质。昨晚见着你后我就察觉到了。”

我没有任何反感，被他这样一说，从他觉得我看上去很孤独的想法里，我获得了某种安稳和自由，连话语也流畅了起来。“我一点都不难过。”

鹤川抬了抬长得几乎令人反感的睫毛，望着我。“咦……那么你恨你父亲？至少是讨厌的吧？”

“我才不恨他，也不讨厌他。”

“咦，那你为什么不难过呢？”

“其实，也没什么。”

“我不明白。”鹤川遇到难题，坐起身子，“莫非你遇上了更难过的事？”

“什么事？我可不知道。”我这样应道，随后又反省为什么自己喜欢让别人心生疑问。这其实根本不是一个疑问，我很清楚原委。我的情感当中也有结巴的部分，我的情感总是慢半拍，这导致父亲的死这件事和悲伤的感情成了两件分离的、孤立的、没有交集的、互不干涉的事情。些许时间上的误差、些许的迟缓，总将我的感情从事件中剥离，使其回到相互分离的状态，这种分离或许是本质上的。若我真有悲伤这种情感，或许它不会和任何事件或动机有关，而会突发地、毫无理由地向我袭来。

我还是老样子，无法对眼前的新朋友解释清楚心里所想的这一切。

最后鹤川放声笑了。“唉，你真是怪。”

他的白衬衫的腹部位置应声荡漾了起来，阳光透过树叶倾洒在上面，使我觉得幸福。同这衬衫上的褶皱一样，我的人生也长了褶皱，这衬衫却是那样洁白明亮，哪怕它带着褶皱。莫非……我也一样？

禅寺有禅寺的清规，不为俗世所动。夏季最晚五点起床，起床被称为“开定”，紧接着是早课诵经，要读三遍，被称为“三时回向”，然后是打扫房间，结束后要将抹布挂好晾晒，这才轮到早饭，名曰“粥座”。

粥有十利

饶益行人

果报无边

究竟常乐

念完这粥座的经，方可吃粥，饭后还有除草、打扫庭院、砍柴等杂务。若是开学后，这之后便要去学校了。自学校回寺后不久便是“药石”。结束后住持偶尔会来讲经。九点“开枕”，也就是睡觉。

我每日的功课便是这样，每日都听着厨房的典座所摇的小铃才睁眼。

金阁寺，也就是鹿苑寺，原本应有十二三人，然而在经历了军队征召和劳务征用后，除了七十多岁的守楼老头、接待和年近六十的炊事婆婆之外，只剩下了执事、副执事和我们这三个弟子。上了岁数的老人们几乎半只脚踏进了棺材，还年少的我们说白了也只是孩子。执事又被称为“副司”，光是会计的活儿就够忙了。

数日后，我又被安排了将报纸送往住持（我们弟子称其老师）房间的活计。报纸差不多在早课结束、擦拭完房间后送来。寺里人手原本就少，又要在短时间内将三十多个房间外的所有走廊都擦拭一遍，干得难免粗糙。我通常在玄关接了报纸，顺着前殿走廊一直绕到客殿后方，再顺着另一条走廊前往老师所在的大书院。在擦拭这一路上的走廊时，我几乎就是端起水桶冲刷一遍了事，所以木板上的各处凹洼都有积水，折射着晨光的同时，也沾湿了我的脚跟，正值夏日，很是舒服。不过同门悄悄指点我，跪在老师屋外道“给老师请安”并得到“嗯”的答复拉门进屋前，要拿僧衣将脚擦干。

我嗅着油墨散发出的来自世俗的浓烈气味，瞄着报纸上醒目的标题，奔走在走廊之上。“帝都空袭不可避免？”的字样进入我的视线。

说来也怪，在那之前我从未将金阁和空袭联系在一起思考过。如今塞班被攻陷，都说本土难免遭受空袭，京都市内的某些地区也正加紧强制疏散。但在我心中，金阁近乎永久，同空袭这样的灾祸之间仍旧无缘。我总觉得，拥有金刚不坏之身的金阁和出自科学的火，二者都深知彼此性质迥异，即便照面了也只会擦肩而过。可或许，最终金阁也将被那来自空袭的烈火烧毁。这样下去，金阁一定会化为灰烬。

这样的想法在我心里生根之后，金阁身上悲剧性的美比以往更为浓烈。

那是开学的前一天，即假期最后一天的午后。住持带着副执事出门做法事去了。鹤川约我去看电影，可我的反应并不积极，他也忽然间没了兴致。鹤川的性格中有这样的一面。

我们二人休了几个小时的假，在土黄色裤子外绑上绑腿，戴上临济学院中学的制式帽子走出了大殿。阳光猛烈，一个来参拜的人都没有。

“去哪儿呢？”

我回答，不管去哪儿，我都想再去好好看看金阁，因为明天的这个时候就见不到它了，而且说不定在我们去工厂时，金阁就会在空袭中毁于一旦。我的解释断断续续，还时不时结巴，鹤川又吃惊又焦急地听着。

说完这不多的几句话，我的脸上大汗淋漓，像是说出了什么难以启齿的丑事一般。对金阁不寻常的贪恋之情，我只对鹤川一人表露过。鹤川倾听时的表情里，也只有我早已看惯了的、和那些曾努力尝试分辨我口吃发音的人们一样的焦躁而已。

我遇到了这样的面孔。倾吐宝贵的秘密时，分享美好的感动时，试图与人推心置腹时，我会遇到这样的面孔。人们通常不会以这样的面孔示人。这面孔完全忠实地还原了我滑稽的焦躁，简直就是一面使我恐惧的镜子。无论多么美丽的面庞，在此时都会变得如我般丑陋。目睹这一切时，无论我试图表达的思想多么重要，都会堕落为瓦砾般毫无价值的东西。

鹤川与我之间隔着夏日直射的炽热阳光。鹤川年轻的面庞泛着油润的光，睫毛在那片光芒中根根立起，仿佛燃烧着的金色火焰，鼻孔在翻滚的热气里扩张，等待着我话语的结束。

我说完了，在说完的同时被愤怒淹没了。自初次见面时直至现在，鹤川从未嘲笑过我结巴一事。

“为什么？”我质问道。正如我再三阐明的，比起同情，我对嘲笑和侮辱更中意。

鹤川露出的微笑无法以言语形容，他说道：“因为我本性如此，对那种事情根本就不在乎。”

我愕然不已。我在乡间的粗犷环境中成长，对此种形式的善意一无所知。鹤川的善意使我发觉，将我结巴一事抹去，我依然是我。我尽情品尝着被一丝不挂地展示在人前的快感。鹤川那镶嵌了长睫毛的眼睛过滤了我身上的结巴，接纳了我。之前我有一种奇怪的想法，坚信无视我的结巴就等同于抹杀我的存在。

我感受到了情感上的和谐与幸福，也不难理解，为什么当时所见的金阁使我永生难忘。我们俩从打瞌睡的守楼老头面前走过，顺着墙根走在空无人影的道路上，去到金阁面前。

当时的画面历历在目。镜湖池的一角，两个打着绑腿的白衣少年搭着彼此的肩膀，金阁就存在于二人面前，之间没有任何阻隔。

最后的夏日、最后的暑假、暑假的最后一天……我们的青春正立于令人目眩的悬崖边。金阁也矗立于同一悬崖，与我们相对，同我们说话。对于空袭的期待，竟使我们与金阁离得如此之近。

夏末沉寂的日光在究竟顶的屋顶铺上一层金箔，笔直地倾泻而下，使得金阁内部充满如夜般的黑。这座建筑蕴含的不朽的时间一直压迫着我，拒绝着我，而在不久的将来，我们都终将难逃被燃烧弹的烈火焚烧殆尽的命运。甚至，金阁或许先于我们灭亡。如此想来，金阁的生便是与我们相同的生。

围绕在金阁四周、长有赤松的群山陷入一片蝉鸣之中。仿佛有无数看不见的僧侣正吟唱着《消灾吉祥神咒》。“佉佉。佉呬。佉呬。吽吽。入嚩啰。入嚩啰。钵啰入嚩啰。钵啰入嚩啰。”

如此美好的一切不久都将化为灰烬，我想到。这使得想象中的金阁与现实中的金阁渐渐合一，如同隔着绢布临摹的画卷一般，一切细节都在重叠，屋顶之上有屋顶、伸入池中的漱清之上有漱清、潮音洞的雕栏之上有雕栏、究竟顶的华头窗之上有华头窗……金阁已不再是有着金刚不坏之身的建筑，它已化身为现象界的脆弱象征。经过此番想象，现实中的金阁转而化为了不逊色于想象中金阁之美的存在。

或许，明日即将天降大火，纤细的木柱和屋顶优雅的曲线都将归为灰烬，从此再不会为我们所见。可如今在眼前的仍是纤细的身姿，沐浴着夏日如火般的阳光，悠然自若。

夏日的云朵爬上山脊，一如当初在父亲遗体边为他诵经超度时，眼角感受到的那般厚重。它们心怀郁积的光，俯视着那座精巧细致的建筑。在夏末的强光下，金阁似乎失掉了细节的美感，只是内含着清冷的阴暗，以神秘的轮廓抗拒四周的明媚世界。而其顶端的凤凰则像要与太阳争辉一般，伸着尖锐的爪，紧抓住下方的底座。

我长久的凝望使鹤川不耐烦了，他拾起脚下的石子，摆出轩昂的投手身姿，扔向金阁投在镜湖池中的倒影。

波纹在湖面推搡着水藻，那座美丽而精致的建筑在瞬间崩塌。

自那时起至战争结束的一年里，是我与金阁最为亲近、时刻牵挂它的安危、为它的美而沉溺的时期。更确切地说，是我终于能够在假设的前提下，将金阁摆在与自身相同的地位毫无畏惧地去爱它的时期。那时的我还未被金阁施以恶的影响，抑或说还未被其毒害。

在这世上，我与金阁要面对共同的危难，这一事实给予我勇气。我找到了将美与自身相关联的媒介。我感到在拒绝排斥我的东西和我之间，一座桥梁架了起来。

将我烧成灰烬的火焰同样也会将金阁烧成灰烬，这一想法令我沉醉。在由相同的不祥和灾害的火焰所带来的命运之下，金阁的世界与我的世界归属在了同一维度。和我脆弱而丑陋的肉体一样，金阁虽然坚实，但身体由易燃的碳元素构成。每当这样想时，我就觉得自己好像那些为了藏匿名贵宝石而不惜将其吞咽下肚的亡命盗贼。我也可以将金阁藏匿在我的肉体、我的身体组织内，带着它逃亡。

要知道在那一年里，我既未习经，也未读书，只是日复一日修身、训练、习武、工厂帮工以及协助进行强制疏散。我爱幻想的性格进一步得到了强化，多亏了战争，人生离我越来越远。战争对我们少年来说，就是如梦般毫无实质可言的惶恐经历，如同一间将人和人生的意义隔绝开来的隔离病房。

昭和十九年十一月，B29 轰炸机第一次轰炸了东京，人们推测京都将在翌日遭空袭。整个京都被大火包围，这成了我心底的秘密幻想。太多古老的东西在这座城市的保护下一直维持着当初的模样，忘却了众多神社寺院重建于灼热的灰烬中的那段记忆。我想象着应仁之乱是如何使这座古都荒废，觉得京都似乎因过度遗忘了战火动乱而失去了几分美感。

或许明日金阁就将遭焚烧，那填满空间的形态恐怕也将不复存在。那时，顶端的凤凰会如不死鸟般重生并展翅翱翔。为形态所束缚的金阁终将丢掉锚，再次轻盈地在湖面上、在黯淡的海潮上挥洒着点点微光起航。

望眼欲穿，却终究没有等来京都空袭。次年三月九日，整个东京下町一带被大火包围的消息传来，面对远方的灾祸，京都上方只有早春清湛的天空。

我几近绝望地等待，仍然试图相信这早春的天空就像那些明晃晃的玻璃，不让人看见内里，却隐藏着烈火和毁灭。正如之前所提及，我欠缺对人的关注。无论是父亲的死还是母亲的穷困，都几乎没有左右过我的内心。我只是一味地幻想着灾祸、毁灭性结局和人类史上绝无仅有的悲剧，一个将所有的人和物、丑陋和美好全都一举摧毁的如天空般巨大的压榨机。如此一来，早春天空中那无与伦比的璀璨，似乎成了将大地覆盖的巨斧刃上的寒光。我只等它斩落而下，速速落下，连思考的时间都不留。

到现在我还觉得不可思议。最初的我并没有被阴暗的思想占据，关注的和面临的难题明明都只和美有关。我只能认为是战争改变了我，让我滋生出黑暗的思想。只对美思考过度，人就会在潜移默化间遭遇这世上最为阴暗的思想。人恐怕生来就是这样。

我想起了战争末期在京都的一段小插曲。那件事几乎令人难以置信，我并不是唯一的目击者，当时鹤川就在我身边。

在某个停电的日子里，我同鹤川一起前往南禅寺。我们此前从未去过那里。我们横穿宽阔的马路，走过横跨在货运铁路上的木桥。

那是五月晴朗的一天。货运铁道已经停用，曾经用来运送船只的斜坡锈迹斑斑，几乎全被杂草掩埋。杂草丛中，还有许多雪白小巧的十字形野花随风颤抖。污水汇集成洼，一直淹没到铁轨顺坡而起的地方，桥的这一头樱花凋谢，樱树开始抽芽，树影密密麻麻地泡在水洼中。

我们站在小桥上，心不在焉地眺望水面。战争时期的诸般记忆里，如此短暂而无意义的时间留下了鲜明的印象。这些无所事事且心无所想的短暂时间，就像偶尔从云隙间瞥见的蓝天般留在了记忆的各个角落。这些时间仿佛切实而快乐的记忆般鲜活，令人惊异。

“真好。”我再次毫无意义地微笑着说。

“嗯。”鹤川也看着我微笑起来。

我与他都深深觉得这两三个小时是属于我们自己的。

紧挨着铺满石子的宽阔大道边有一条水沟，清冽的水流淌冲刷着秀美的水草。不多久，那座著名的寺庙山门便高耸在了面前。

寺里四处不见人影。一片新绿中，塔头[①]上的诸多瓦片仿佛一本翻开倒扣着的巨书，有着银氧化后的色彩，惹人注目。此时此刻，战争又意味着什么呢？有时候我觉得，在某个地点、某个时间，战争是只存在于人类意识中的怪异的精神性事件。

传说石川五右卫门曾在这座山门前将腿架在楼阁的栏杆上，欣赏满目的樱花之美。虽然如今已是樱花开始凋谢的时节，我们还是孩子气十足地打算模仿五右卫门的做法观景。付了一点门票钱，我们便攀登起陡峭且已泛黑的木制台阶。在台阶转弯处的平台上，鹤川的头撞上了低矮的屋顶。刚嘲笑完他，我随即也撞了上去。二人于是再一转，爬完了剩下的阶梯登上楼顶。

从如地窖般狭窄的阶梯进入广阔宏大的景观，一瞬间身体暴露无遗的紧张感令人愉悦。我们尽情欣赏零落的樱树、松林、后方的住宅和更后方绵延错杂的平安神宫的林场、京都市街尽头隐约朦胧的岚山，以及北边连绵盘踞的贵船山、箕里山、金毗罗山，又如寺内弟子般脱下鞋，恭敬地进入殿内。昏暗的殿内铺了二十四块榻榻米，释迦牟尼像在中央，十六罗汉的眼珠在黑暗中闪着金光。此殿名叫五凤楼。

---

①高僧死后，弟子敬仰师德，在墓塔附近建起的小院。

南禅寺也属临济宗，但与属相国寺派的金阁寺不同，乃南禅寺派各寺之中枢。我们身处一座同宗异派的寺院中，但两个人还是像普通中学生一样攥着导览图，来回观摩着天花板上色泽明艳的壁画，据传那是狩野探幽守信和土佐法眼德悦之手笔。

半边天花板上所画的，是飞翔在天际的仙人及其手中奏响的琵琶和笛子。另半边，手捧白牡丹的迦陵频伽正振翅遨游，那是居住在天竺雪山上的妙音鸟，上身为丰腴女性，下身为鸟。画在天花板正中的，是金阁顶上那只鸟的同族，与那只庄严的金鸟再相似不过，正是华丽如虹的凤凰。

我们在释迦牟尼像面前合掌行跪礼，随即从殿内走出，又想在阁楼之上多待一会儿，于是便倚在方才所登台阶旁朝南的雕栏之上。

我感觉在某处似乎有某种美丽小巧的彩色旋涡。我以为那是天花板壁画的流光溢彩在眼中留下的残影，浓缩着丰富的色彩，让人误以为是与那迦陵频伽相似的鸟儿正藏身于一片新绿的枝杈和松叶当中，仅在缝隙之间露出华丽羽翼的一点端倪。

事实并非如此。在我们的视野下方，是相隔了道路的天授庵。庭院里的树木安静低垂，全由四方石铺接而成的石板小径在其中辗转曲折，通向正门庭敞开的客厅。客厅里从地面至壁柜都一览无余，那里应是常用于奉茶或提供给外人充当茶室，铺在地上的红色毛毡显得格外醒目。一名女子正跪坐于其中，方才闯入我视野的正是那里。

从未见过女性在战争时期身着如此华贵的长袖和服。倘若真以这样的装束出门，恐怕半路上就要遭人指责，最终只得仓皇折返。她的长袖便是如此奢华美丽，虽看不见花纹的细节，但仍可见湖蓝色的衣料上或印染或刺绣了许多花朵，红色腰带上金丝闪闪，夸张些说，她的周遭都是耀眼的。端庄跪坐的女子年轻貌美，雪白的侧脸竟令人怀疑是浮雕中的女子活了过来。

我不住结巴着开口道："那、真的、是活人吗？"

"我也在想呢，简直跟人偶似的。"鹤川胸口紧贴在栏杆上，头也不回地答道。

就在这时，一名身着军装的年轻陆军士官走进了房间。他礼数周全地在女子面前一二尺处坐下来，二人静静相对。

女子站起身来，安静地消失在走廊尽头的黑暗中。不一会儿，她手捧茶杯返回屋内，长袖随着微风轻摆。她向男人敬茶，遵照茶道礼数递上清茶后坐回原位。男人说了些什么，久久不肯喝茶。那段时间出奇地长，使人感到出奇地紧张。女子的头深深低了下去。

就在那时，令人难以置信的事情发生了。女子保持着端庄的跪坐姿势，将胸襟微微敞开。我甚至感觉绸缎从腰带下拉扯而出的动静回响在耳畔，雪白的胸脯应声而现。我屏住了呼吸。女子伸手将一边白皙丰满的乳房拉扯而出。

士官捧着颜色深沉黯淡的茶杯膝行到女子身前。女子开始用双手揉搓那只乳房。

我不能说自己看见了，但如同亲眼所见般感觉到了——白色乳汁带着体温汩汩涌出，一滴滴地淌进黯淡茶杯中深绿色的茶汁里，静寂的茶汁表面混杂着白色乳汁，泛出浓浊的茶沫。

男人高举茶杯，将其中神奇的茶水一饮而尽。女子白皙的胸脯也随之收了回去。

我们俩紧绷着脊背，将这一过程尽数看在眼里。事后细细想来，那应该是怀了士官孩子的女人和即将奔赴战场的士官间的一场诀别仪式，然而当时的感动排斥了一切解释。我看得太过入神，过了许久才意识到那对男女已离开，房间里只剩下了红色毛毡。

我看到了浮雕般雪白的侧脸和无比白皙的胸脯。在女子离去之后，在当天剩下的时间、第二天和再往后的一天，我仍执拗地反复回想。毫无疑问，那名女子就是重生后的有为子。

# 第三章

父亲一周年忌日快到了。母亲突发奇想，觉得让正忙于勤劳动员的我回老家有困难，不如亲自带着父亲的牌位来京都请田山道诠师父为旧日好友诵经，哪怕只有几分钟也好。家里本就缺钱，母亲也仅仅是指望道诠师父念旧情才寄了信。师父应允了，并将这事转告于我。

我听到消息并未感到丝毫欣喜。一直以来我刻意避免与母亲书信交流是有缘由的：我并不愿意与母亲过多接触。

关于曾经的某件事，我一直未开口责怪过母亲，甚至连提都没有提。我觉得母亲恐怕仍未察觉我其实早已知晓。反正自那之后，我心中从未宽恕过她。

那是就读于东舞鹤中学后的第一个暑假，被寄养在叔父家的我第一次回家后的事。当时，母亲的一个姓仓井的亲戚在大阪生意失败回到成生，但是他住在娘家的妻子不让他进门。无奈之下仓井便寄宿在了父亲的寺里，等待事态平息后再做打算。

寺里的蚊帐并不多。母亲与我都与身患肺结核的父亲在同一顶蚊帐内就寝，这一来更得加上个仓井，就这样居然都没人被传染。我还记得彼时的夏日深夜，知了在庭院的草木丛中窸窸窣窣，发出短促的鸣叫来回蹦跳。可能就是那些声音吵醒了我。涨潮时的海浪声很大，绿色蚊帐的下摆被海风吹得上下翻飞。

蚊帐一度将风揽住，随即又细细滤出，这便不由得摇摆起来。所以蚊帐被吹得鼓胀，其实并非风的形状被忠实还原，而是风势渐衰，被削去了棱角。榻榻米上发出竹叶相互摩挲般的声响，那是来自蚊帐下摆的摩擦声。可还有另一种动静传递到了蚊帐上，并非来自风，比风更细碎，在整个蚊帐上有如涟漪般扩散。它拉扯着这片粗纱，使得从内里看到的这一面蚊帐成了动荡不安的湖面。湖面上流动的，是船由远及近时送来的波涛，又或是早已驶过的船残留的悠悠余韵……

我充满惊恐地望向声音的源头。在一片黑暗中，我仿佛觉得有钢锥刺进了眼窝。

蚊帐对于四个人来说太小，睡在父亲旁边的我来回翻身，不知何时已将父亲挤到了最边上。这样一来，在我和眼前所见情景之间，就有了一段褶皱的床单形成的白色间隔，在我身后是父亲蜷缩的身体，他的鼻息就吹在我的脖颈。

意识到父亲其实已经醒了，是因为我感觉到他试图强忍咳喘时的不规则呼吸从后背传来。也就是那个时候，突然间，十三岁的我刚睁开的双眼被一个温暖而巨大的东西覆盖，一下子什么都看不见了。我立刻就明白了，是父亲从我背后伸手蒙上了我的双眼。

那只手掌的记忆直到现在仍无比鲜活。掌心宽大得难以言喻，它从背后伸到我面前，转瞬间便在眼前将我所见的地狱遮盖、隐藏了起来。那是来自他界的手掌。不知它是来自爱、慈悲还是屈辱，但它及时地斩断了我所触碰到的恐怖世界，将其埋葬在了黑暗中。

我的脑袋在那只手掌里轻轻地点了点。我的小脸轻微地动着，蕴含于其中的体谅和会意被察觉，父亲的手掌随即拿开了。而我则遵从手掌的指引，即便在它拿开后，直到不眠之夜结束，外界刺目的光穿透眼皮为止，我都一直紧闭着双眼。

希望各位记得，若干年后父亲出殡时，我急于回去看他死后的脸，没有流下一滴眼泪。希望各位记得，关于手掌的牵绊已随着死亡消散，通过凝视父亲的脸庞，我确信了自己的生。对于那只手掌、对于世间称之为“爱”的东西，我是如此刻骨铭心地不忘去报复，可对于母亲，虽然我仍未宽恕那段记忆，却从未考虑过报复。

母亲将在忌日的前一天来到金阁寺并借宿一晚。住持写信嘱咐我忌日当天向学校请假。勤劳动员只需要每日在规定时间内去即可。我的心情在回鹿苑寺的前一天开始沉重。

天真而单纯的鹤川为我时隔很久后见到母亲而高兴，寺里的伙伴们也对此感到好奇，我却憎恨母亲的贫穷和困苦。我苦于如何向善良的鹤川解释自己为何不想见母亲，他却在工厂的活计结束后抓住我的手腕说道："好啦，赶紧迈开步子往回跑吧。"

若说我完全不想见母亲也有些夸张，我并非不怀念母亲，或许我只是厌恶将对亲人露骨的爱表现出来，才试图为自己的厌恶寻找各种理由。这是我性格里不好的一面。若只是为将一份诚挚的情感正当化而寻找种种理由还好，有时候我在头脑里编织出无数理由，这些理由又反过来将一些完全出乎意料的情感强加于我。那些情感原本并不属于我。

然而我的厌恶的确具有某种正确的部分，因为我自己就是应该被厌恶的人。

"有什么好跑的！现在就够呛了，能拖着一双腿勉强走回去就不错了。"

"我看你就是故意想那样，好让妈妈疼你。"

鹤川永远是这样，是对我充满误解的解读者，但他已经成了我不可或缺的人，我一点也不觉得他烦。他是我真诚而善意的翻译，将我的语言翻译成现世的语言，是我独一无二的朋友。

没错，有时候我觉得鹤川就像从铅块中提炼黄金的炼金术士。我若是相片冲印时的负片，那么他就是正片。只要经过他内心的一次过滤，我混浊而阴暗的情感就被冲刷得一干二净，转而变得透彻而光明，我曾多少次满心诧异地目睹这一过程发生！就在我结巴、犹豫不决的时候，鹤川的手已经将我的情感由内而外地翻转，呈现给外界。我从这些诧异中学到很多，诸如如果只是停留在情感层面，这世上最恶的与最善的情感之间并无不同，效果都是一样的，杀意也好慈悲心也好，从外表看来并无区别等等。哪怕我穷尽一切言语去解释，恐怕也无法令鹤川相信，但对我来说这是一个令人恐惧的发现，因为虽然鹤川令我不再畏惧伪善，但伪善对我来说也仅仅成了一种相对意义上的罪过。

京都未遭到空袭，不过有一次我被工厂派去出差，带着飞机零件的采购单据前往大阪的总工厂时却赶上了轰炸，看到有工人肠子都流了出来，被担架抬走了。

为何肠子流露在外就是凄惨的呢？为何看到人的内在就得表现出惊悚、遮住眼睛呢？为何流淌的鲜血会给人冲击？为何人的内脏是丑陋的？它和光泽年轻肌肤的美在本质上不是完全一样吗？我若告诉鹤川将丑陋虚无化这一想法是从他那里学来的，他会是怎样的表情呢？关于内在和外在，假如将人当作如蔷薇花一般无所谓内外的事物来看待，是否就显得背离人性呢？如果人能够使精神的内在和肉体的内在如蔷薇花瓣般赤裸在阳光下，在五月的微风中柔软地翻飞，自由地反复又会怎样呢……

母亲已经到了，正在老师的房间里说话。初夏的傍晚，我和鹤川跪坐在房外的木廊上，禀报归来。

老师只唤我一人进去，当着母亲的面说“这孩子表现得很好”之类的话。我几乎不看母亲，只一个劲地低着头，这使我瞥见了她深蓝色劳动裤包裹着的膝盖，以及膝盖上肮脏的手指。

老师示意我们母子可以退下。几次三番地行礼之后，我们才出了房间。小书院里正对中庭，面朝南的五叠[1]大的储物间便是我的房间。回房后只有我与母亲二人时，她哭了出来。

我早料到会有这样的情况，因此能做到冷静面对。

“既然我已被交由鹿苑寺收养，希望在我有所作为之前就别再来找我了。”

“我懂，我懂。”

以残酷的言语迎接母亲使我感到愉悦，可母亲还是和从前一样既没有任何感知，也没有任何抵抗，这又让我恨得牙痒。一想到母亲可能就这样越过门槛进入我的内在，我就感到恐慌。

母亲的脸久经日晒，深陷的眼窝中有一双小而狡猾的眼睛，唯有双唇仿佛异样的生物般泛着红润的光泽，满口乡下人结实坚硬的大牙。她这个年纪若是在城里，浓妆艳抹都算正常。母

---

①日本计量房屋面积大小的单位，1叠约为1.62平方米。

亲的脸像是在竭尽所能地变得更丑，我却仍敏感地从中感觉到了某种沉淀的情欲并憎恶不已。

从老师那里回来后，母亲痛哭了一场，又掏出凭票供应的人造纤维手巾，扯开衣领擦拭起晒黑了的胸口。手巾的布料泛着动物般的光晕，被汗水染湿后光芒显得更盛了。

母亲从背包里掏出一袋米，说是要送给老师。我没有说话。她又从陈旧的鼠灰色丝绵面料的层层包裹中掏出父亲的牌位，摆在我的书架上。

“真是得好好感谢人家。知道明天由师父诵经，你死去的父亲也一定会很高兴。”

“忌日过后你就回成生吗？”

母亲的回答出乎我的意料。她已将寺院所有权转让，仅有的一些田地也变卖了出去，还清父亲的医疗费和欠款后，如今孤身一人打算寄身于京都近郊加佐郡的伯父家，她这趟来就是为了商议这事。

本该待我回去的寺院没有了！本该在那座荒凉半岛上的村庄里迎接我的东西没有了。

此时出现在我表情里的如释重负，不知母亲作何理解。她将嘴巴凑近我耳边说道：“你明白吗？已经没有什么属于你的寺院了。以后除了在这金阁寺成为住持，你已经没有其他出路。你要得到师父的宠爱，好成为继承人接管寺庙。你懂不懂？我活着也只是想看你将来有这么一天了。”

我大吃一惊，转头看了母亲一眼，但内心的惶恐使我无法直视她的眼睛。

储物间里已经暗了下来。由于要将嘴凑在我耳边说话，这位“慈母”的汗臭弥漫在我四周。我还记得母亲那时候一直在笑。遥远的哺乳时的记忆、关于浅黑色乳房的记忆，这印象在我体内翻腾，使我不快。将卑鄙的野心点燃的火苗中，有着某种依赖于肉体的强制性力量，应该就是它令我恐惧。母亲脖颈上未被扎起的头发轻触着我的面颊，我看见一只蜻蜓停在傍晚中庭里生满青苔的石制洗手盆上。傍晚的天空坠落在那片小小的圆形水面，四周寂静无声，此时的鹿苑寺似乎空无一人。

我终于直视起母亲。母亲咧嘴笑了，滑润双唇的一角里金牙闪着光。

我结巴得厉害，回答道：“那又怎么样，反、反正迟、迟早要被拉去当兵，说不定就战死了。”

“傻孩子！结巴成这样还被抓去当兵，那日本也算完了。”

我的脊梁僵硬紧绷，我恨母亲，却只能结巴着逃避。“空、空袭一来，金阁寺说、说不定就被烧毁了。”

“都已经到了这一步，肯定不会来轰炸京都了。美国人也有分寸的。”

我没有回应。傍晚的寺内，中庭已渐变为深海的颜色。石头带着曾激烈搏斗过的痕迹沉了下去。

母亲不理会我的沉默，起身无所顾忌地看向将五叠大的房间包围起来的板门。“晚饭还没好吗？”她开口道。

事后回想，这次与母亲的会面对我的内心造成了不小的影响。意识到母亲总归生活在与我完全不同的世界正是此时，母亲的想法第一次强烈地作用在我身上也是此时。

母亲生来就是与金阁之美无缘的人，相应地，她具备我无法理解的对现实的感觉。我不害怕京都遭空袭，那是我的梦想，也有可能真的实现。倘若金阁往后都没有遭遇空袭的危险，那么我就失去了生存的意义，我的世界会随之瓦解。

另一方面，母亲出乎意料的野心让我憎恨，可同时也俘获了我。父亲未曾言及，但或许他也是出于同母亲一样的野心才将我送来寺里。田山道诠老师是单身，既然他当初是受了前任住持的嘱托而继承鹿苑寺，那么我也有望凭借努力被他拟定为继承人。若真能如此，金阁将归属于我！

我的想法混乱不已。第二野心过于沉重，便回到第一梦想——金阁在空袭中被轰炸，而这一梦想又被母亲对现实直截了当的判断所摧毁，便再次退回到第二野心。思来想去，最终脖颈根部起了巨大的红肿。我没有理会，肿块就在我的后颈扎下了根，以灼热而沉重的力量压迫着我。半睡半醒间，我梦见脖颈后方生出了纯金的光圈，它丝丝缕缕地茂盛生长，试图在头的后方结成一个椭圆，待到睁眼时发现，那只不过是来自内含恶意的肿块的疼痛。

我终于还是因发烧而卧床不起。住持带我去看外科医生。

身着国民服、绑着绑腿的外科医生给那肿块一个简单的称呼——疖——然后不舍地为其抹上酒精，随后用在火上消过毒的手术刀划开了它。

我发出了呻吟，感到那个灼热而痛苦的世界在我的后脑勺破裂，萎缩，衰亡。

战争结束了。在工厂里听着天皇朗读停战诏书，我脑海中只有金阁。

我一回寺便匆匆赶往金阁，这于我而言并不稀奇。参拜路上的小石子因夏日阳光而炽热，一粒粒地粘在我廉价运动鞋的橡胶底上。

听完停战诏书，若在东京这时候就可以前往皇居瞻仰天皇了。京都御所里虽然没有皇室，也仍然有许多人去门前痛哭。京都有太多在这种时候可以去哭诉的神社或佛阁，想必那些地方当天也都人流不息。不过来金阁的人倒还真没有。

那炽热的石子路上只有我的倒影。此时或许该说，金阁在那一边，而我在这一边了。我感到从我看了一眼这天的金阁起，“我们”的关系已经发生了改变。

金阁已超脱于战败的打击、民族的悲哀等事物之上，或者说是表现得超脱于他们之上。直至昨日，金阁都还并非如此。一定是它终于不再担心因空袭而遭焚烧，自今日起便高枕无忧了，这才恢复了当初那副“自古便立足于此，也将永远立于此地”的表情。

内部枯朽的金箔还是老样子，夏日的阳光化作油漆肆意地在外墙涂抹，金阁被它们保护着，就像一件高雅无用的装饰品，一动不动。这是一件硕大、空洞的装饰柜，被放置在如绿色火焰般燃烧的森林面前。配得上它的摆设，只有无比巨大的香炉或者无比庞大的虚无。金阁完美地使它们消亡并在瞬间将其实质冲洗殆尽，难以置信地在此建起空虚的形状。更奇异的是，在金阁所展示的美当中，从未见过如今日般这么美丽。

超脱于我的想象，不，金阁已超脱于现实世界，无缘于所有的善变，展现出从未有过的稳固的美！它推翻了一切意义，那种美从未如此耀眼。

毫不夸张地说，注视金阁时，我双腿颤抖，额头也沁出了冷汗。曾几何时，见识了金阁的我回到乡下，感觉到它的细节和整体如音乐般照应奏和，相比之下今日所见则是完全静止，完全无声。那里没有任何东西在流淌，没有任何东西在动弹。金阁如同音乐中惊惶的休止，如同持续奏响的沉默，存在着，屹立着。

金阁断绝了与我的关系，我在心中想。我与金阁共存于同一世界的梦想至此已经崩塌。事态再次回到当初，甚至比当初更加无望。那是将美置于彼处而我在此处的状态。只要世界持续运转，这事态就无法改变……

战败带给我的只有这般绝望。哪怕是现在，我眼前仍可看见八月十五日如烈焰般的夏日锋芒。有人说所有的价值在那时都已荡然无存，我的内在却正好相反——永恒开始觉醒、复苏、主张起它的权利。那永恒即是金阁开始诉说的永世长存。

永恒从天而降，覆盖在我们的面颊、手臂、肚皮，将我们掩埋。这该死的东西。是的，就连周围群山中的蝉声，在战争结束的那一天，在我听来都是如诅咒般的永恒。它将我涂抹在了泛着金辉的墙上。

当天晚上开枕诵经前，我们特意为祈求天皇陛下安泰和超度战争亡灵而诵了长经。战争时期，各宗派一直都穿着简单的轮袈裟，今夜老师却穿上了放置许久的大红五条袈裟。

老师的脸洁净得仿佛每条皱纹都仔细冲洗过，他略有些发福，今天气色特别好，有种心满意足的感觉。那是一个炎热的夏夜，袈裟摩擦肌肤的声音带着一丝清凉，听来格外清晰。

诵经结束后，寺中上下均被唤至老师房间听他讲课。

老师选的公案是《无门关》第十四则“南泉斩猫”，《碧岩录》第六十三则“南泉斩猫”和第六十四则“赵州草鞋”也有这个故事，自古便是以晦涩难解而闻名的公案。

唐代时池州南泉山有高僧名曰普愿禅师，世间又因山名而称其为南泉禅师。一日全寺上下割草时，一只小猫闯进了这寂静山寺，众人出于稀奇便一阵围捕将其擒下，不料此举竟致使东西两堂对峙，皆想将小猫纳为自家宠物以至反目相争。南泉禅师见此情景，忽手持小猫脖颈，置于镰刀上曰：“大众，道得即救，道不得即斩却也。”众人无言。南泉禅师遂斩猫而弃之。日暮时分，南泉禅师的高足赵州归来，南泉禅师便将事情始末告知，并询问看法。赵州遂将脚上所穿草鞋脱下置于头顶，出门去了。南泉禅师见状叹道：“子若在，即救得猫儿。”

内容大概如上所述，其中赵州头顶草鞋之举尤为难解。然而据老师所讲，这也并非多么难解之题。

南泉禅师斩猫，断的是自我的迷妄，即斩断了妄念妄想的根源。斩断猫首，是通过无情的实践斩断一切矛盾、对立、自他的执念。若称此为杀人刀，那么赵州便是活人剑。赵州以无限宽容之心将泥泞不堪、为人所不屑的草鞋放到头顶，那便是实践了菩提之道。

老师说完这番话，只字未提日本战败之事就结束了讲课。我们一众弟子完全摸不着头脑，谁都不明白为何非在战败之日特意选出这篇公案来。

在回各自房间的走廊上，我向鹤川道出心中疑问。

鹤川也摇了摇头。“不明白。没经历过僧堂生活的都没法明白。不过我看今晚讲课的重点就是要在战败这一天不去议论它，而是讲些什么斩猫的事。”

战败对我来说绝非不幸，但老师那满是幸福的表情却令我无法忘怀。

在一座寺院里，通常靠对住持的尊敬之心确保寺内的秩序，可过去一年我受老师关照，却并未因此而产生对他的深深敬爱之心。那其实并无大碍，然而自从野心之火被母亲点燃以来，十七岁的我竟时常以批判的眼光观察起老师来了。

老师是公平无私的，但那是十分容易想象的公平，就好比倘若我是老师，也能做到一样的公平无私。老师还缺乏禅僧所特有的幽默，通常像那样略微发福的身材都该带着些幽默成分。

我听说老师是个享尽女色的人。一想到他在外面风流时的模样我就觉得滑稽，同时也感到不安。被那好似桃红色面点般的身体搂抱的女人心情如何呢？一定觉得那粉嫩柔软的肉体蔓延到了世界尽头，而自己就像是被埋在了肉的墓穴吧。

我一直觉得禅僧拥有肉体实在不可理喻。我觉得老师享尽女色是为了舍弃肉体、轻蔑肉体，可遭受轻蔑的肉体居然还肆意吸收养分，光泽圆润，将老师的精神包裹于其中，真叫人难以置信。那是如被驯服的家畜般温顺、谦逊的肉体。相对于禅僧的精神来说，那肉体真是宛如小妾一般。

必须得说说，战败对于我意味着什么。

那并非解放，绝对不是，而是不变、永恒的东西，是早已融入日常的佛教时间的重生。

自战败的第二日起，寺中每天进行的活动又如往常般继续了。开定、早课、粥座、作务、斋座、药石、开浴、开枕。除此之外，由于老师严禁私自买米，只能全靠施主施舍。偶尔副司为正长身体的我们着想，会偷偷买回一点然后谎称是接受施舍来的，每日的粥里也就那么几粒米可怜地沉在碗底。他偶尔也会出去买番薯。粥座已不仅限于早晨，中午和晚上也全是稀粥或番薯，我们总是饿着肚子。

鹤川偶尔让东京的家人寄来一些点心，夜深后他会来到我床头和我一起吃。深夜的天空里，偶尔划过闪电。

我问他，家里条件富裕，父母又那么慈爱，为什么不回去？

“因为这也是修行啊。反正到最后，我也得回去继承父亲的寺院。”

生活在他看来似乎并没有变得更苦，一切就像摆放在筷笼里井然有序的筷子一般。我又告诉鹤川，即将到来的新时代或许远超众人想象。我想起停战后的第三天在学校听人们议论说，负责在工厂指挥的士官运了一车物资回家。士官似乎公然宣称接下来要做黑市买卖。

在我看来曾经骁勇、残酷、目光锐利的士官，如今正朝着罪恶迈步狂奔。他的长筒靴所疾走的沿途，是和战场上的死亡一样的风景，有着如朝霞般的肆意无序。他应该会在胸前系上白绢的围巾，任偷来的物资压弯脊背，在夜晚的余风轻抚面庞的同时迈步出发吧。他应该会以迅疾的速度消磨殆尽吧。而在更遥远的地方，钟楼闪耀着肆意无序的光辉，正在轻轻敲响。

我被那一切排除在外。我没有金钱、没有自由，连解放也没有。但我确定，当我提到“新时代”时，十七岁的我下定了某种决心，即便当时它还没有完全成形。

如果说世间之人要通过生活和行动来品尝恶，那么我就让内在的恶尽可能深地扎根下去吧。

然而最初我能想到的恶，也仅仅是讨好老师然后伺机将金阁据为己有，或者是在十足的幻想中将老师毒杀然后鸠占鹊巢等茫然的痴梦。在确认了鹤川并无类似野心之后，这个计划甚至成了我良心上的慰藉。

“关于将来的事，你就没有任何恐惧或者憧憬吗？”

“没有啊，什么都没有。就算有，那又能起什么作用？”

鹤川如此回答，语气里没有一丁点消极沮丧或自暴自弃。闪电照亮了他纤细柔和的眉毛，那是他那张面庞中唯一纤细的部分。鹤川听了理发师的劝说，眉毛的上下部分都被剃掉了一些，这样眉毛就因为人工的干预而变细，部分眉尾还残留着剃过后的青色痕迹。

我偷偷地瞄着那些青色，内心难以安定。这个少年与我不同，他生命中纯洁的末梢部分正在燃烧。燃烧结束之前，未来都将被隐藏。未来的灯芯浸润在透明冰冷的灯油中。如果未来只剩纯洁和无邪，谁还有必要去预见自身的纯洁和无邪？

那天夜里，鹤川回他房间后，夏末残余的暑气令我难以入眠，而且对自慰习惯的抵触掠夺了我的睡意。

我偶然经历了梦遗。当时所见并非确切的色欲情景，而是类似一条黑狗在黑暗中的街道狂奔的场景。我似乎看见了它喘息时的烈焰，狗脖子上的铃铛越是响，我就越兴奋。当铃声抵达极致时，我就跟着射精了。

每次自慰，我都带着地狱式的幻想。有为子的乳房出现过，有为子的大腿也出现过，而我则变得无比渺小，犹如丑陋的虫豸。

我一蹬腿翻身起床，顺着小书院背后偷偷溜了出去。

鹿苑寺背面，从夕佳亭继续往东，有一座山名曰不动山。那是座被赤松覆盖的山，松树之间还生着茂盛的小竹子、溲疏、杜鹃等灌木。那座山我熟悉到走夜路也毫不受阻。登上山顶后可眺望上京区和中京区，还有更远处的比叡山和大文字山。

我开始爬山，在鸟儿受惊后的振翅声中直视前方，绕过树木攀爬。我觉得这样心无旁骛地攀登可以立刻治愈我。登顶后，凉风袭来，包裹了我沁满汗水的身体。

眼前的夜景令我不相信自己的双眼。解除了长久以来的灯火管制，整个京都市在视线所及之处全闪着光。战争结束后我还一次都没上过山，此番光景对我来说简直就是奇迹。

灯火构成了一个立体。四散在同一平面的各处灯火没了远近，使人觉得似乎有一座全由灯火构筑的巨大透明建筑正突生枝节、伸展侧翼，在暗夜中岿然耸立。这才是所谓的都市。唯有御所附近的森林没有灯火的照亮，仿佛一个巨大的黑色洞穴。

遥远的另一边突然划过一道闪电，从比叡山的一侧照亮了黑暗的夜空。

这就是俗世，我心想。战争一结束，人们就在这片灯火下被邪恶的思绪纠缠。众多男女在灯下照面，互相嗅着就在不久前逼近他们的、近乎死亡的行为的气味。一想到这无数的灯悉数是邪恶的灯，我的心就得到了宽慰。我心中的邪恶啊，请繁殖吧，不计其数地繁殖，释放光辉，同眼前无尽的灯火保持逐一对应！在我内心包裹着它们的黑暗，要如同包裹了无数灯火的暗夜一样漆黑！

参观金阁的人越发多了起来。老师向市里申请，成功提高了门票价格，以应对当下的通货膨胀。

一直以来，参观金阁的都只是身着军装、工作服或一身劳动装扮的零零散散的朴实民众。直到占领军进驻，这才使得世俗中那些风月之人成群地出现在了金阁附近。同时，献茶[①]的习惯回归，女人们又穿起雪藏许久的华丽衣裳，纷纷登上金阁。我们暴露于他们的视线之下，一身僧衣立时成为一种鲜明的对照，仿佛我们是为了满足他们的好奇才扮演起了僧侣的角色。我们就像是原住民，为了那些体验当地奇特风俗的游客而固守

①一种宗教仪式，指为神佛奉茶。

着更古老的奇特风俗……特别是那些美国兵还会扯着我的僧衣袖放声大笑，又或者塞钱给我要借我的僧衣，说是为了拍照留念。遇到这些事是因为寺内的解说员不会英语，所以时不时叫来我和鹤川，操着半生不熟的英语替他解说。

那是战后的第一个冬天，雪从周五的傍晚一直下到周六。我在学校心不在焉，一心只盼着正午早早回寺去见雪中的金阁。

午后的雪还在继续。我脚蹬橡胶长靴，肩上挎着包，沿着参拜小路径直来到镜湖池畔。雪花纷纷扬扬坠落，我仰头朝向天空，大张着嘴。儿时的我便常常这样。雪片触碰到我的牙齿，如轻薄的锡纸般发出轻微声响，很快，温热的口腔里迎来连绵不断的雪花，我感到它们融化、浸润在了红色黏膜表面。当时我脑中所想的，是究竟顶上那只凤凰的嘴，那只金色怪鸟润滑而灼热的嘴。

雪让我们重拾少年心气，更别说我过完年后也才十八。我从自我的内在感到如少年般的雀跃，那会是假象吗？

被雪笼罩的金阁美得无与伦比。这座通透的建筑立于雪中，展示着它柔滑的肌肤，任由风雪吹拂着林立于其体内的纤细木柱。

为何雪不会结巴？我在心中遐想。有时它们被八角金盘的叶片阻挡，也会结巴了似的飘落，坠向地面。每当沐浴在毫无阻隔漫天而降的雪中，我便忘却了心中委屈，精神也如同被音乐冲洗过一般找回了原初的律动。

其实多亏这场雪，原本立体的金阁得以化为与世无争的平面，成了画中的金阁。两岸红叶山上的枯枝几乎无法承载雪花，树林看上去比以往更加光秃秃的。相比之下，四散于远近的松树上堆积了颇为壮丽的积雪。已结冰的池水被雪覆盖，有几处却令人费解地没有积雪，那些巨大的白色斑点有如大胆地点缀在装饰画中的云朵。九山八海石和淡路岛都同冰池上的雪连成一片，在其中茂盛生长的小松看上去就像是偶然生长在了这片冰雪平原当中。

无人居住的金阁，究竟顶、潮音洞的屋檐，再加上漱清的小屋顶，除了这三处呈现着鲜明的白色之外，暗沉而复杂的木构架在雪中反而呈现出鲜明的黑。人们常将脸凑近南画[1]的那些山中楼阁，怀疑其中或许有人居住，而此刻那些古旧的黑木不禁让我也想一窥金阁内里，看看是否有人居住其中。可就算我凑过脸去，恐怕也只能撞上那层冰雪的画卷，无法再接近分毫。

今日的究竟顶如同以往一般，朝着飘雪的天空敞开了门户。仰望彼处，我的心看见雪片飘落、翻飞着进入究竟顶内空荡而狭窄的空间，停留在墙面那古老而锈蚀的金箔上，最终悄无声息地结成渺小的金色露珠。

---

①日本始于江户时代（1603－1867）中期、深受中国明清绘画影响的画派的画的统称，在学习中国南宗画的基础上又有所独创。

翌日周日，守楼老头一早便来叫我。

有洋人士兵要在开门前进寺参观。老头用手势比画着让他稍等，随即来找“会说英语”的我。说来也怪，我英语比鹤川好，说起来也不结巴。

门外停了一辆吉普车，一个烂醉的美国兵手扶门柱，低头看着我，露出轻蔑的笑。

雪后的前庭在初晴下折射出炫目的光。年轻士兵将那片光挡在背后，他堆满横肉的脸与我相对，呼出的白色哈气里夹杂着威士忌的酒气，一股脑地喷在我脸上。我还是老样子，一想到涌动在同我完全不同的人体内的情感，便感到恐慌。

我从来都是来者不拒，虽还未到时间也还是告诉他愿替他带路，同时要求他支付门票和带路费。没想到这彪形醉汉竟乖乖地付了钱，随后他望向吉普车内，说了一句“出来”。

积雪的反光刺眼，我无法看清吉普车昏暗的内部。车篷上的采光窗里，白色的物体在动，我以为那是一只蠕动的兔子。

一只穿着细高跟鞋的脚伸到了吉普车的踏板上，我惊讶于天气这样冷那条腿竟还光着。一个女人裹着鲜红如火的大衣，脚趾甲和手指甲也染得同样火红，一看便知是专门服务洋人士兵的娼妇。她的大衣下摆在拉扯中露出了稍显脏污的棉毛睡衣。女人目光呆滞，显然也醉得厉害。男人军装齐整，女人还未睡醒，仅在睡衣外裹了围巾和外套便出门了。

女人的脸在雪光映衬下显得十分苍白，肌肤几无血色，绯红的唇同样毫无生机。她刚一下车就打了个喷嚏，纤细的鼻梁上挤出小小的褶皱，迷醉而疲惫的双眼朝远处瞟了一下，随即再次陷入无尽的混浊。她呼喊起男人的名字，“杰克”被她蹩脚地唤成“夹克”。

“夹克，too cold！ too cold！”

女人的声音哀怨地在雪地上流淌，男人并未理会。

我第一次在干这种行当的女人身上感到了美，并非因为她像有为子。她就像是一幅反复斟酌后描绘出的肖像，每一处细节都刻意避免了同有为子的相像，就像是为了抵触有为子的记忆而形成的画像，带着某种反抗式的新鲜美感。面对人生中最初感受到的美，我在事后产生了感官上的抵触，而此刻的美，就像是对那种抵触的谄媚。

然而她的确与有为子有共通之处——面对没穿僧衣而是身着脏兮兮的工作服和橡胶长靴的我，这女人根本不屑一顾。

当天早上寺里全数出动才勉强清扫完参拜道路。积雪中开出一条小道，可容一列游客通行，但要是旅行团来就不好办了。我领着美国兵和女人走在这条小道上。

来到池边，视野随即开阔，美国兵见状便张开双臂喊着一些我听不懂的话。他欢呼着，粗鲁地摇晃着女人的身体。女人眉头紧蹙，又再次说道：“Oh, 夹克，too cold！”

美国兵眼见青木丛的枝叶上堆了厚实的雪，鲜红的果实正映衬其中，转而问我那是什么，我只能用日语回答他那是青木。

或许他是一个与庞大身躯极不相称的抒情诗人，但他湛蓝的双眼让我感到残酷。

外国童谣集《鹅妈妈童谣》里唱道，黑色的眼睛是邪恶而残酷的。或许借异域事物抒发残酷的假想是人类的惯例。

我按照惯例带他们参观了金阁。美国兵醉得厉害，步履蹒跚不说，还脱下皮靴四处乱扔。我用冻僵的手从口袋里掏出一张英文告示，它专门用于在眼下这种场合宣读。那美国兵竟从一旁伸手夺过，语气夸张而戏谑地读了起来，倒也省了我的事。

我俯身于法水院的雕栏，眺望银光皑皑的池面。金阁里边从未被如此般仓皇地曝光过。

往漱清方向去了的那对男女不知何时开始争执起来，言语间的碰撞越发激烈，我一句也听不懂。女人语气强硬地驳斥，不知说的究竟是英语还是日语。两人早已忘记我的存在，争论着朝法水院走了回来。

美国兵伸着脖颈不停咒骂，女人伸手狠狠打了他一个耳光，随即转身，蹬着高跟鞋往参拜路入口处跑去。

我不知如何是好，忙从金阁下来沿着湖畔追赶。当我赶到时，长腿美国兵早已追上了她，正揪着火红色大衣的前襟。

美国兵朝我这边瞥了一眼，随即松开紧抓在女人火红色前襟的手。那只手在松开之前蓄积的力量似乎并不寻常。女人仰面倒在身后的雪地上，火红色的大衣下摆敞开来，露出了雪白的腿。

女人没有打算起身，就那么由下而上地同彪形大汉居高临下的眼神对视。无奈之下我只得蹲下身，想去扶她。

“嘿！”美国兵喊道。

我转身，眼看他叉开双腿站在面前，正挥动手指朝我比画。

他的语气忽然变得温润，用英语这样对我说道：“给我踹。你，踹一下试试。”

我无法理解他的意思，但他蓝色的双眼正高高在上地命令我。在他宽阔肩膀的后方，金阁因白雪的浸润而熠熠生辉，冬日的晴空湛蓝得如同被清洗过，几乎能拧出水来。他的蓝眼睛没有一丝残酷，那双眼睛，那个瞬间，为何我感觉整个世界都变得抒情起来？

他向下伸出粗大的手掌，抓住我的胸襟，让我站起身，不过发出命令的声音仍旧温暖亲切。“踹吧，踹上去。”

我难以抗拒，只得抬起穿着橡胶长靴的脚。美国兵拍打着我的肩膀。我的脚落下，踩踏着那如同春泥般柔软的东西，那是女人的腹部。女人紧闭起双眼，痛苦地呻吟。

“踹得再狠些。再狠些。”

我又踹了一次。最初踩踏时感到的抵触，在第二次变为喷薄而出的快感。这是女人的肚子，我想。这是女人的胸，我想。他人的肉体竟像这样如皮球般以实实在在的弹力给我反馈，这超乎我的想象。

“够了。”美国兵干脆地说道。他庄严地抱住女人，替她拂去泥土和雪，没有回头看我，起身搀扶她离开了。那女人的视线直到最后也未曾停留在我脸上。

美国兵走到吉普车旁，让女人先上车，酒醒后的他神情严肃，用英语说了句“谢谢”。他想给钱，我拒绝了。于是他从座椅上拿出两条美国香烟，塞到我的腋下。

寺门前的积雪折射出明亮的光，我感到脸颊一阵火热。吉普车扬起一阵碎雪，颠簸着渐行渐远。看不见吉普车了，我的肉体仍亢奋不已。

待到亢奋终于平息，我有了一个伪善而雀跃的企图，爱抽烟的老师若收到这份赠礼该有多高兴呢？当然他什么都不必知晓。没有必要事无巨细地禀告。我只不过是受了指使，不得已而为之。我若反抗，还不知自己会落得个怎样的下场呢。

我朝大书院里老师的房间走去。副司正给老师剃头，他很擅长这类活计。于是我在洒满晨光的走廊等候。

庭院里陆舟之松上的积雪发出炫目的光芒，看起来就像一面折起来的崭新船帆。

剃头的时候，老师一直闭着双眼，双手捧着一张报纸接落发。剃着剃着，身为动物的鲜明轮廓越来越明显地显露出来。剃完后，副司用热毛巾将老师的头包了起来，不一会儿再除去，毛巾之下随即出现了一颗初生的、热腾腾的、仿佛刚刚煮过的头颅。

我这才道明来意，将两条契斯特菲尔德香烟呈上，叩头。

"哦，你有心了。"老师似笑非笑地说了一句，随后便再无反应。那两条香烟被老师像处理日常事务一般轻描淡写地放在了堆满各种文书和信件的书桌上。

副司开始揉肩，老师再次闭起双眼。

我只得退下。愤懑使我周身燥热。自己犯下的无法理解的恶行、因恶行得来的香烟嘉奖、对其一无所知而将香烟收下的老师……这一系列关联当中，应该还有某种更加戏剧化、更加猛烈的部分。身为老师却未能意识到这一点，这又为我提供了蔑视老师的一大理由。

可老师叫住了正打算退下的我。正巧，他今天也打算向我施以恩惠。

"我想让你……"老师道，"毕业后进大谷大学。你死去的父亲九泉之下一定还在挂念，你该好生学习，以优异的成绩读大学去。"

这一消息很快经副司之口传遍全寺。据说能得到老师亲自吩咐大学入学事宜，正是被寄予厚望的证据。以前曾有弟子去住持房间替其揉肩整整百夜，只为能获准去读大学，类似的事不胜枚举。鹤川拍着我的肩头替我高兴，他家里将资助他去读大谷大学。而另一个未能得到老师任何关照的弟子，从那以后再未与我有过交流。

# 第四章

昭和二十二年春，我终于得以就读大谷大学的预科，可是，那并非在老师的慈爱关怀、同门的羡慕仰望下意气风发的升学。或许在外人看来是那样，但其实在升学背后还有一段不堪回首的往事。

那个雪后的早晨，老师向我嘱咐了升大学的事，一星期后我自中学回寺时，发现之前提到的那个无缘大学的弟子看我时，神情竟十分雀跃，此前他一直是不搭理我的。而无论是寺内众僧还是副司，态度里都多了某种不寻常的东西。我看得出来，他们只是在佯装平静。

当天夜里我去了鹤川的寝室，说起寺里众人神情可疑。鹤川一开始还装出像我一样不解的模样，可是不会掩饰情感的他很快便惴惴不安地注视起我来。

“我是从那小子……”他提了一个弟子的名字，“从那小子那里听来的，不过他当时人也在学校，并不知道详情……总之你不在时发生了一桩怪事。”

我心里七上八下，连忙追问。鹤川要求我起誓保守秘密，又再三揣摩我的脸色，这才愿意开口。

那天下午，一个身着红色外套、专做洋人生意的娼妇来寺里要见住持。副司代为出面去门口应付，却遭那女人一通咒骂。女人坚持要求副司带她去见住持。住持那时正好从走廊经过，看见那女人的架势后便来到了门口。据那女人说，大约一周前雪晴后的早晨，她和一个洋人士兵一起来金阁参观，寺里小僧为讨好洋人士兵，在她被洋人士兵推倒在地时故意上前踢其腹部。当天晚上女人流产了，因此她来要赔偿金。若是不给，她便要将鹿苑寺的丑事声张出去，向世人控诉。

老师未发一言，将钱交于那女人之后便让她走了。他知道当天带路的不是旁人正是我，但我的恶行没有目击者，于是老师嘱咐下去说这事绝不能让我知道，他决定不再过问。

然而，寺内众人从副司那里听说这事后，都对我的恶行深信不疑。鹤川几乎是双眼含泪地握住了我的手，目光清澈地凝视着我，以宛如少年般直率的声音问道：“你真的做了那种事？”

我正视着自身黑暗的情感，鹤川的此番质问让我不得不面对它。

为何鹤川要这样问我，难道是出于友情？他明不明白，这样质问我时他已经背弃了自身真正的职责？他明不明白，因为这样的质问，他已经在一个更深的层面上背叛了我？

我应该不止一次地说过，鹤川就是我的阳片。鹤川若忠于他的本职，就不该来质问我，他应该不闻不问，一股脑地将我黑暗的情感尽数翻译为光明的。那时，谎言将变为真相，真相将变为谎言。如若鹤川能将所有的暗影转向光明、将所有的黑夜倒为白昼、将所有的月华变作日辉、将所有暗夜下苔藓混沌的阴湿化为白日里青叶楚楚的摇曳，我或许也会结巴着忏悔一切。可偏偏此时他没有那样做。我黑暗的情感因此而获得了动力……

我不置可否地笑了。深夜里的寺内没有烛火，膝盖冰冷。古老而粗大的木柱林立，将窃窃私语的我们围在当中。我战栗或是因为寒冷，但初次公然欺骗朋友的快感也足以使我睡衣下的膝盖瑟瑟发抖。“我什么都没干。”

“是吗？那么那女人就是来敲诈的。真混账！就连副司都信以为真了。”

他的正义感渐渐高昂起来，竟激动地宣称明日将为我向老师解释清楚一切。我心里忽然冒出了老师那颗如同水煮菜般剃光的头，随后是似乎要包容一切的红润面颊。面对此番想象，我猛然莫名地感到憎恶。我有必要在鹤川流露出正义感之前，亲手将其埋葬于泥土之下。

“对了，难道老师真的相信是我做的？”

“这……”鹤川一下子没了头绪。

“别人如何议论暂且不管，老师肯定将一切都默默看在眼里，放心吧。我是这样想的。”

随后我又说服鹤川，让他相信他的解释只会使众人对我的猜疑更甚。我告诉他，老师正因为深知我无辜，才会选择置若罔闻。说话间，我心里竟生出了窃喜，这窃喜渐渐深扎下牢固的根须。我窃喜的是“没有目击者，没有证人”。

当然，我并不相信只有老师觉得我无辜。倒不如说正相反，老师对一切不过问反而更印证了我的推测。

或许老师自我手中接过那两条契斯特菲尔德香烟时，就已经洞悉了真相。不过问，或许只是为了置身事外以静待我忏悔。不仅如此，他可能还故意抛出升大学的诱饵，作为我忏悔的交换条件——若不忏悔，就撤销升学的许诺以惩罚我的不正直；若忏悔了，就审度我的改过自新，再网开一面，特许我升上大学。其中还有一个更大的玄机，那就是老师命令副司不许将此事告知我。若我真的无辜，那么必将不为所动、无忧无虑地安然度日。相反，若我真的犯下罪过，并且还多少有些智慧，那么必然会伪装成过去无辜时的我，过着纯洁而沉默的每一天，绝对无须忏悔的每一天。哦，我只要伪装就好，这才是完美的办法，是我明哲保身的唯一途径。老师是在暗示这一点，这才向我抛出了这一玄机。想到此处，我已怒火中烧。

我也并非毫无辩解的余地。若我不去踢那女人，或许那洋人士兵就会掏出手枪威胁我。我不能反抗占领军。所有的一切，我都是不得已而为之。

然而透过那只胶靴的鞋底所感受到的女人的腹部，那近似魅惑的弹性，那痛苦的呻吟，那被碾压破碎的血肉之花绽放的感触，某种感觉的错乱，那一瞬间从女人身上贯穿至我体内的、难以察觉的、闪电般的感触……这一切都不能说是我被迫感知到的。直到现在，我仍无法忘却那甘美的瞬间。

我的老师，他明白我感受到的精髓，他了解那甘美的精髓！

从那以后的一年里，我成了被困于笼中的小鸟，牢笼无时无刻不出现在眼前。我决心不去忏悔，也失去了每日的安宁。

这真是难以言喻。当时全然不觉罪过的行为，踢女人的行为，在记忆中竟更加光彩夺目了。这并非仅仅因为知晓了女人流产这一结果。那行为好似沙砾中的碎金一般在我的记忆里沉淀，时刻绽放着直入眼眸的光华。那是恶之光华。没错，即便是琐碎的恶，作恶这一明确的意识已在不知不觉间缠绕了我，仿佛一枚勋章，挂在了我的内心。

那么，我只有面对现实，在参加大谷大学的入学考试之前，对老师的心思百般揣测，焦头烂额。老师一次都未提及收回升学的口头约定，但也从未敦促我加紧准备入学考试。随便哪一种都可以，老师的一句话让我等得多么辛苦啊。可老师故意固守沉默，向我施以永无止境的拷问。或许出于畏惧，又或是出于反抗，我也未能就升学一事再次探询老师的意向。我曾经像其他人一样心怀敬意、同时也以批判的眼光观察老师，如今他的形象渐渐变得如怪物般巨大，看上去没有一点人情味。无论我如何避开视线，它总是不停地出现，就像一座怪异的城池盘踞在眼前。

到了晚秋，老师受邀前去一往来已久的施主家参加葬礼，坐火车去那里需要两小时，所以前一天晚上他便告诉我们次日清晨五点半他就出发。副司将与他同行。为了老师能准时出行，我们只得四点起床，完成打扫和斋饭的准备。

副司服侍老师打点行装时，我们则在起床后赶紧完成了早课诵经。阴暗而清冷的厨房里，传来用吊桶汲水的嘎吱声。寺里众人都在忙着洗漱。后院的鸡鸣听上去好似一道曙光，凌厉地将晚秋黎明前的黑暗划破。我们合拢起僧衣的袖口，赶往客殿佛坛。

那里无人居住，黎明前的阴冷里，宽敞的榻榻米踩上去有些扎脚。我们在烛台摇曳的火焰下行三拜礼——站立，行躬身礼，随钟声下跪叩首，如此反复三次。

早课诵经时，我总是能从一片唱和的男声中感到勃发的生机。一日里就数早课时的诵经声最强有力，那声音的强大将整夜的妄念吹得四散，仿佛无数的黑色飞沫从声带里喷薄而出。我并不了解自己，虽不了解，但一想到我的声音也同样散播着男性的污秽，竟使我获得一种奇妙的勇气。

我们的粥座还未结束，老师的出发时间就已经到了。寺里的规矩是众人须至寺门前列队目送。

天还没亮。天空满缀着繁星。星光下的石板路白花花的，从寺门延伸至山门，高大的麻栎树、梅树和松树投下的暗影延伸至每个角落，黑影相互重叠消融，铺满了大地。我身穿破了洞的毛衣，胳膊、肘部都感到了破晓的寒气。

一切都在无言中进行。我们默默地低下头。老师几乎不做任何回应。老师和副司走在石板上，木屐发出的咔嗒咔嗒声渐渐远去。众人目送二人直至他们的背影消失在视线里，这是禅家的礼数。

远处已看不到背影全貌，只能看到僧衣的白色下摆和白色绑腿。以为已经完全看不见，但其实他们只是隐入了众多树影中了，片刻过后白色下摆和白色绑腿又重现在树影的另一端，脚步声听来似乎反而更清晰了。

我们纹丝不动地目送。自二人出寺门起至身影完全消失，对于目送者来说是一段漫长的时间。

在那段时间里，我体内生出了一种异样的冲动，就像某些重要的话语即将脱口而出却遭口吃阻挠一样，这冲动一直停留在我咽喉里燃烧。我渴望被解放。别说母亲当初暗示过的继承住持衣钵的期待了，此刻我连升大学的愿望都没有。我想摆脱那一直无言地支配着我、纠缠着我的东西。

并不能说此刻的我就没有勇气。坦白者的勇气我明白！二十年来我一直缄默不语，坦白的价值我明白。谁说我这是小题大做？我对抗老师的不闻不问，一直坚持不坦白，全为了试探一件事，那就是“恶是否可行”。若我至最后一刻都未忏悔，那么哪怕那恶再微小，也已成了可行的恶。

然而，看到老师那白色的衣摆和绑腿在树影中若隐若现，在破晓前渐行渐远时，我几乎再也无法克制那股燃烧在喉间的力量。我多么想将一切公之于众。我想追上老师，抓住他的衣袖，大声地将那雪中一日的原委逐一道明。绝不是对老师的尊敬促使我产生了这样的想法，老师的力量对我来说更像是某种强大的物理力量。

可我若坦白，我人生中最初的小小的恶就要瓦解。这一想法阻止了我，某种力量紧紧地拉扯住了我的后背。老师的身影穿过山门，消失在未明的天空下。

众人皆松了口气，七嘴八舌地朝寺门内走去。我仍怅然若失时鹤川拍了拍我的肩头，它苏醒了过来。这瘦小而孱弱的肩膀找回了它的骄傲。

前文已提过，虽有这段插曲，我最终还是读了大谷大学。

忏悔是无必要的。那日过后没几天，老师将我和鹤川叫去，言简意赅地嘱咐我们应该着手复习，以及免去寺中杂务以准备迎考等事宜。

就这样，我上了大学，可一切并未因此终结。老师还是这副态度，什么也不说，关于继承人的心思也一点看不出端倪。

大谷大学——这是我一生中初次接近思想的地方，当然这思想是我擅自选择的，是我人生发生转折的地方。

这所大学始于近三百年前，宽文五年时筑紫观世音寺的大学宿舍迁移至京都的枳谷邸内为其嚆矢。它一直以来都是大谷派本愿寺弟子的道场，本愿寺第十五世常如宗主时，大阪的门徒高木宗贤替寺里捐钱，选定北乌丸头这块地兴建了校舍。此地一万二千七百坪，作为大学来说规模绝算不上大。但不光大谷派，各宗各派的青年弟子均在此修习佛教哲学的基础知识。

古老的砖瓦校门正对着盘踞在西边天际之下的比叡山，将电车轨道和校舍隔开。校门内，石子马路一直通向主楼门前的停车处。主楼是一座古老而沉寂的二层砖瓦建筑。正门的屋顶上立着一座青铜楼台，说它是铜钟楼，它却没挂铜钟，说它是时钟塔，它也没有时钟。楼台就那样搁置在纤细的避雷针下，从蓝天里裁剪出一个空洞的方形窗口。

正门旁有一棵树龄甚高的菩提树，庄严繁茂的枝叶在阳光的照射下泛出红铜般的光泽。大学校舍以主楼为起点再三扩建，毫无秩序地连接在一起，大多是老旧的木制平房。这所大学内禁止穿鞋，建筑与建筑之间全由几近破损的木板走廊相连接。木板只有破损处得到修缮，仿佛是一时兴起所为，这使得人们穿梭于各栋建筑时，脚下所至之处全是各种从最崭新的到最古旧的木色所构成的、各种浓淡交杂的马赛克。

我像全天下所有学校里的新生一样，每天上学都充满新奇，心中的思绪永无止境。熟人只有鹤川一个，无论如何也只得同他一人交流。鹤川似乎也觉得这样下去要枉费了好不容易才闯入的新世界，不几日我们二人便刻意在休息时分开，尝试寻找新朋友。然而口吃的我并无此勇气，鹤川的朋友越来越多，我却越发孤立了。

大学预科一年级有修身、国语、汉文、华语、英语、历史、佛典、伦理、数学、体操十门科目。[①] 伦理课一直让我头痛。一日，伦理课后的午休时间里，我打算向一名同学请教几个问题，我早就注意到他了。

这同学总是孤身一人在后院花坛的一角吃便当。他的这个习惯就像某种仪式，看上去难看的吃相十分招人厌，所以从没有人试图接近他。他也不与同学交流，似乎对交友有所抗拒。

我知道他姓柏木。柏木最显著的特征是其双脚的过度内翻。他走路时的模样委实醒目，仿佛永远行走在泥泞之中，好不容

①国语指日语，汉文指古汉语，华语指现代汉语。

易一只脚挣脱出泥沼，另一只脚又紧跟着陷了进去，这使得他全身都在跳动，行走变成了奇怪的舞步，尽失生活常态。

我一入学便注意到了柏木，这并非毫无理由。他的残障使我安宁。他的内翻足从一开始就意味着他将认可我所面临的境况。

柏木在后院的一片三叶草地上打开了便当。空手道社团和乒乓球社团的活动室——那几乎是连窗户上的玻璃都残缺不全的危房——正面对着后院。这里有五六棵枝干细小的松树，一座空空如也的小花房。涂在花房上的青色油漆早已斑驳、翘起，如干枯的插花般卷曲剥落。大概两三层的盆栽架摆在一角，还有堆积如小山的碎瓦砾、栽种了风信子和樱草的花圃。

三叶草地适合小坐。阳光被柔软的叶片吸收，泛起细碎的光影，使得四周看上去仿佛从地面轻飘飘地浮了起来。端坐的柏木和行走时不同，成了一名再普通不过的学生，苍白的脸甚至透着一种狡黠的美。肉体残障者和美貌的女子一样都拥有无可匹敌的美。无论是残障者还是美貌女子，都疲于被观察，厌倦了被观察的身份，被逼无奈之下只得以被观察的身份观察回去。敢于去观察的人才是赢家。正吃便当的柏木双眼低垂，但我能感觉到他的双眼早已将周围世界洞穿。

他在一片光明之中怡然自得，这一印象震撼了我。在春天的阳光下和花丛中，我透过他的姿态便已得知，他身上并没有我时刻感受着的羞耻和彷徨。他信奉黑暗，不，他本身就是存在于光明之中的黑暗，日光绝无可能渗透进他坚硬的皮肤。

他是那样专注，吃相是那样难看，他吃进嘴里的便当又是那样寒酸，比我带的斋饭好不到哪里去。昭和二十二年，仍是一个不靠私自买卖便谈不上汲取营养的年份。

我拿着笔记本和便当站到他身旁。柏木的饭盒被我的影子挡住，他仰起头来，瞟了我一眼后，又垂下双目，继续着他那有如桑蚕噬叶般的咀嚼。

“刚、刚才课上有些地方没、没听懂，我想请教一下。”我用标准语结巴着问道。自进大学后，我就决心讲标准语了。

柏木只回了一句：“听不懂你在说什么，你结巴得太厉害了。”

我脸红了。

他舔着筷头，又加了一句：“我很清楚你为什么来找我。你姓沟口吧，同病相怜于是交个朋友也没什么不好，不过与我相比，你就那么看重你的结巴？你太看重你自己了，所以就连同你自己一起太过看重你的结巴，不是吗？”

事后我才知道他同样是临济宗禅家的后人，这最初的问答多少有一些他自恃禅僧的傲气，但这也无法使我否定此时所感受到的强烈印象。

“结巴！结巴！”柏木面对无法将下一句话流畅地说出口的我，颇有兴致地说道，“你呀，觉得终于找到了一个可以安心结巴说话的对象，没错吧？人都是这样寻找同伴，这也无可厚非。

你还是处男吧？”

我没有笑，点了点头。柏木好似医生一般的质问，使我觉得不撒谎才是为自己好。

“我想也是。你是个处男，毫无美感而言的处男，不讨女人喜欢，又没有胆量去找妓女，仅此而已。可你若是打算找个同为处男的伙伴才找上我，那就大错特错了。要不要我告诉你，我是如何摆脱处男之身的？”

柏木不等我回答就开口了。

我是三宫近郊禅寺家的儿子，天生内翻足。如今我这样向你坦诚，你或许以为我是个不论对象随便谈及私事的可悲病患，但这样的话我并非对谁都说。说来惭愧，我其实也从一开始便选定你为倾诉一切的对象了，因为我觉得或许我的经历对你最有价值，如若能按我的经历去做对你来说才是最好的出路。你应该也知道，传道者都这样物色信徒，禁酒主义者也都这样寻觅同志。

对了，我对自身的境况感到羞耻。我觉得若同这样的境况和解甚至和平相处，那便意味着我的败北。我大可以怨天尤人，双亲本该在我还幼小时替我做矫正手术，如今已经来不及了。不过对于双亲我本就毫无兴趣，也懒得去怨恨他们。

我一直相信自己绝不会为女人所爱。恐怕你也很清楚这并不是个人的推测，而是一种安乐祥和的确信。不与自身境况和解的决心与这份确信并不矛盾，因为若我相信自己能在维持现状的前提下为女人所爱，这也就意味着我同自身的境况达成了和解。我早就明白，正确判断现实的勇气和与这种判断战斗的勇气是极易相互通容的。我活着就像是在战斗。

这样的我自然不会像朋友们那样热衷于靠娼妇破除童贞，因为娼妇接客并非出于对客人的爱。老人也好、乞丐也好、瞎子也好、俊男也好，甚至在不知情的情况下，麻风病人都可以成为她们的客人。若是一般人，定会安于这份平等，花钱得到人生中第一个女人。然而我却看不上此种平等。四肢健全的男人和我竟在同等资格下被接待，这使我无法忍受，对我来说无异于可怕的自我亵渎。我内翻足的境况若被忽略、被无视，那么我的存在也将消亡，你如今所抱有的恐惧也将纠缠着我。为了全面地认可我的境况，肯定需要复杂于正常人数倍的安排。我常常想，人生就必须得这样才好。

某种可怕的不满将我们和世界置于对立状态，只要世界或我们的任何一方做出改变，这种不满就可得到消解，但我憎恨期待改变的梦想，我对梦想的憎恨无以复加。不过世界若改变，我便不复存在；我若改变，世界便烟消云散，这种系统性地苦思冥想后的确信反而更像某种和解、某种融和。因为真正的自我无法得到爱这一想法是可以和世界共存的，而残障者终将落入的圈套并非以消除对立状态、而是以全面肯定对立状态的形式产生的，这就使得残障再也无可救药。

就在那时候，正值青春（我倒是很坦然地使用了这个词）的我身上发生了一件难以置信的事。一个施主家的女孩，毕业于神户女子学校，早因貌美而闻名，家境富裕，竟毫无征兆地向我表明了爱意。我一时间根本无法相信自己的耳朵。

得益于我的不幸，我十分擅长洞察他人的心理，因此没有轻易地将她爱的动机归结为同情并心生抵触。我清楚得很，仅凭同情根本不可能让女人爱上我。我推测异乎寻常的自尊心才是她爱的真正原因。她太美，太了解身为女人的价值，这导致她无法接受那些自信的求爱者。她不能将自己的自尊心和求爱者的不自量力放在同一天平的两端。越是所谓良缘，越使她厌恶。终于，她洁癖般地否定了一切关于爱情的平衡（关于这一点她的确够坦诚）转而看上了我。

我心里早已有了答案。或许这要引起你的嘲笑，不过我给的回答是“我不爱你”。除此之外我还能如何回答？这是一个诚实的回答，毫不装腔作势。面对女人的告白，我若出于不可错失良机的心理而回答“我也爱你”，那才再滑稽不过，在旁人看来几乎就是一场悲剧了吧。拥有滑稽外在的男人，心里很清楚如何明智地避免自身误被他人视为悲剧。因为他们知道，倘若被视为悲剧性的存在，也就将致使他人无法放心地同自己接触。若考虑到他人的心灵，不使自己看上去悲惨这一点比什么都重要。所以我才毫不犹豫地告诉她“我不爱你”。

女人没有退缩，还说我在撒谎。随后她一方面试图说服我，一方面又努力注意不伤及我的自尊心。对她来说，不爱她的男人是难以想象的，若真有这样的人，那他一定是在伪装。于是她细致地分析我，进而一心认定我其实早就爱上了她。她很聪明。假设她真的爱我，也就意味着她爱上了一个使她束手无策的对象，夸赞本不美貌的我英俊恐将激怒我，把我的内翻足说成是美怕是更使我愤怒，而强调所爱的不是我的外在而是内心这一定让我怒不可遏，这些都在她的考虑当中，所以她才一个劲地只是反复强调她是“爱着”我的。这也使我在心中通过分析，从她身上找出了与之相符的感情。

我无法接受这种荒谬。事实上我的欲望越发强烈地膨胀了，但欲望并不能使我与她结合。如若她果真爱上的并非别人而是这样的我，那么就必须找出将我与他人区分开来的某种与众不同。那非内翻足莫属了。这就意味着，她嘴上虽然不提，但其实是爱上了我的内翻足——这种爱在我看来是不可能的。如果我与众不同是由于除内翻足以外的某种东西，那么爱或许还有可能。但是，假如我承认除了内翻足之外我还有与众不同的存在理由，也就意味着我将它们认可为了自身的一部分，那么互补地，我又将认可他人的存在理由，这也就意味着我得认可那个置身于世界当中的自己。爱绝无可能，认为她爱着我也是错觉，我同样不可能爱上她，所以我才反复强调“我不爱你”。

不可思议的是，我越说不爱她，她反而越是深深陷入爱我的错觉中。于是在某个夜晚，她终于决定献身于我。她的身体美到令人目眩，可我却无法勃起。

这场惨败简单地解决了一切，我似乎终于向她证明了“我不爱你”这句话。她选择了离我而去。

我曾感到耻辱，不过任何耻辱都无法与内翻足的耻辱相提并论。使我狼狈的是其他某种东西。其实我知道自己无法勃起的原因。当时一想到我的内翻足即将触碰她美丽的双脚，我就不行了。这一发现从内在打破了我自“绝不会被爱”的确信中得来的安稳。

因为当时我生出了轻浮的喜悦，我试图通过欲望和满足欲望，用实际行动证明爱是不可能的，可肉体却背叛了我，它表演出了我的精神试图做的事。我遭遇到了矛盾。若以恶俗的方式坦言，我其实是凭不会被爱的确信幻想着爱情，可在最后的阶段，却将欲望作为爱的替代品并安下心来。我也明白，那欲望竟要求我忘却自身所存在的境况，要求我放弃我爱的唯一关口——对于不会被爱这一境况的确信。我一直相信所谓欲望应更为明确而清晰，从未想过它竟必须使人自我幻想。

从此时起，相较于精神，肉体似乎更能引起我的一些注意了。可我却无法使自己化身为纯粹的欲望，只能一味地幻想。我像风一样不被对方所见，却可以看到一切，肆意接近对方，毫无阻隔地爱抚对方，最终进入对方的内在。当谈及肉体的觉醒时，你恐怕也会想象某种具有质量的、不透明的、切实的“物”的觉醒吧。我却并非如此。我想的是作为一个肉体、一个欲望去完成。我将成为透明的、无法被观察的东西，即成为风。

然而内翻足将及时出现并制止我，只有它绝无可能成为透明。说那是脚，倒不如说是一种顽固的精神。那是比肉体更为切实的“物”，就那么一直存在着。

人都觉得必须借助镜子才能看清自己，而所谓残疾，就是一面永远贴在面前的镜子。镜子里永远映照出我的全身，根本不可能忘却，所以世间那些所谓的不安在我看来简直如同儿戏一般。不安，根本不存在。我就这样存在着，像太阳、地球、美丽的鸟儿、丑陋的鳄鱼一样存在着，确凿无疑。世界如墓碑般沉默静止。

全无不安，全无立足点，我独特的生存方式便由此而生。自己为了什么而生？有人为此感到惶恐，甚至自杀，这个问题对我来说则不算什么。内翻足是我生存的境况，是理由，是目的，是理想……它就是生本身。我存在着，仅此一点对我来说就已经足够。说到底，存在的不安不正是出于“自我存在并不彻底”这种奢侈的不满吗？

我盯上了我们村里独居的老寡妇。有人说她六十岁了，也有人说还不止。她父亲忌日那天，我代父亲上门诵经，她家里居然没有一个亲戚，佛祖面前只站了那老太婆与我二人。经文诵毕，我被请至另一间房喝茶。因时值盛夏，我提出了淋浴的要求。老太婆便从我背后泼水为赤身裸体的我冲凉。看到她心怀怜悯地直盯着我双脚，我心里生出了一个坏主意。

回到方才喝茶的房间，我擦拭着身体，郑重其事地告诉老寡妇，我出生时佛祖出现在我母亲梦里，说待我成人后，诚心膜拜我双足的人必将往生极乐。对佛祖虔诚至极的寡妇指尖拨动佛珠，直勾勾地盯着我的双脚。我又煞有介事地念了两句经，手持佛珠合掌于胸前，赤身裸体如尸体般仰面躺下。我闭上双眼，嘴里还念着经。

你可以试着想象，我是如何才忍住笑意，其实我内心已经笑得不行。我从未对自己有过一丝幻想。我能感觉到老太婆边念经边虔诚地膜拜着我的脚。我满脑子都是正享受膜拜的自己的脚，感觉滑稽得几乎要喘不过气了。内翻足，内翻足——我只有这一个念头，脑海里看到的也全是它。那怪异的形状，那被迫置身于其中的丑恶境况，那无尽的笑话。每当老太婆磕头时，她细碎的头发都掠过我脚掌，瘙痒让一切显得更加滑稽。

自从被美丽的双脚触碰而无法勃起后，我似乎就对欲望有了误解。之所以这样说，是因为我意识到自己竟在这场丑陋的膜拜中兴奋了起来。哪怕我从未对自己抱有任何幻想！哪怕在这绝对无可挽回的情况下！

我起身一把推倒老太婆。她竟没有丝毫惊愕，我也没工夫去诧异。被推倒在地的老寡妇一动不动，双目紧闭，继续念经。

也怪，我至今还清楚地记得，当时那老太婆念的是《大悲心陀罗尼经》的一节。

“伊醯移醯。室那室那。阿啰嗲佛啰舍利。罚沙罚嗲。佛罗舍耶。”

你也知道，根据释义，这段经文的意思是这样的：“敬请显灵，虔诚供奉。使贪嗔痴三毒消亡毁灭，得清净无垢之本体。”

眼前是双目紧闭迎接我的、六十多岁女人饱经日晒、没有上妆的脸。心头的亢奋丝毫没有消退，而最为讽刺的是，我竟是在不知不觉间被引导着……

然而我想不能文艺地表达为“不知不觉”，一切都是我亲眼看到的。地狱的特征在每一个角落都清晰可见，并且是在黑暗当中！

老寡妇布满褶皱的脸既不完美也不神圣，可那种丑陋和老朽似乎不断地在给我毫无任何幻想的内在状态提供证据。再美的女人，当不带丝毫期许地去观察时，都不能保证不会幻化成这老太婆的模样。我的内翻足，还有这张脸……是了，总而言之，正是亲眼所见的真实维持了我肉体的亢奋。我第一次带着亲和的情感相信了自身的欲望，并且我明白了，问题不在于如何缩短我与对象之间的距离，而是为使对象成为对象，应该如何去保持距离。

去观察就好——当时的我从一种既停滞同时又抵达的病态逻辑中，从绝不会遭遇不安的逻辑中，创造了属于自己的情欲法则，这种构思与世人所称的沉沦之物相似。欲望如隐身衣，又如风一般，由此而生的结合对我而言只是梦，我观察这个梦的同时又必须被全面观察。届时我的内翻足和我的女人都将被抛弃在世界之外。内翻足也好，女人也好，都与我保持着相同的距离。真相在那一边，欲望不过是假象，而正观察的我将在假象中无限地坠落，对着观察到的真相射精。我的内翻足和我的女人绝不会接触或融合，二者只是永远地被抛向了世界之外。欲望无限地昂扬向前。为什么？因为那美丽的脚和我的内翻足将永远不再相会，一切都将这样结束。

我的想法晦涩难懂吗？需要解释吗？不过你应该已经明白，从那以后我就放下心来，相信“爱绝无可能”了。没有惶恐，也没有爱。世界永恒地停滞了，同时又抵达了。真有必要刻意将这个世界强调为“我们的世界”吗？那么，我倒是可以用一句话来定义关于世间之“爱”的迷惘，那是试图将假象和真实结合起来的迷惘——我终于明白了，我所坚信的无法被爱，正是人类存在的根本状态。这就是我告别童贞的始末。

柏木的话说完了。

身为听众的我终于喘了口气。我被强烈的认同感所包围。接触到闻所未闻的观念让我痛苦，我无法从痛苦中醒来。柏木说完，春日的阳光渐渐在我四周苏醒，三叶草地上散发出明朗的光，身后篮球场传来的呼喊声再次响了起来。这春天白昼下的一切还是原来的模样，但在我看来它们已完全具有了不同的意义。

我不能一直沉默，打算附和两句，于是便笨拙结巴地开口了：“那么，你、你自那时起就一直是孤独的了。”

柏木又使坏地装出听不清的模样，要求我重问一遍，而他的回答中已有了些许亲近。“你说孤独？为什么非孤独不可？关于那之后的我，等你跟我熟了之后自然会明白。”

铃声响了，要开始下午的课程了，我打算起身。柏木则保持着坐姿，一脸冷漠，拉扯我的衣袖。我的制服就是在寺院读书时穿的衣服，只是换了纽扣，布料早已发旧，也不结实了，再加上偏小，使得我本就孱弱的身体看上去更加瘦小。

“接下来是汉文课吧？多无聊，不如去散步。”柏木说着以一种十分疲惫的架势起身，那身体好似被打散后又重新组装起来一般，让我想到曾在电影里见过的卧着的骆驼站起来时的情景。

我以前从不旷课，不过我不想放弃这次深入了解柏木的机会。我们朝正门方向走去。

出正门时，柏木独特的行走方式忽然引起我的注意，使我生出一种近似羞耻的情绪。像现在这样，我抱有世人普遍的想法，觉得同柏木走在一起令人羞愧，这着实离奇。

我所有难以启齿的情感、所有心术不端的念头，都在他的话语中得到陶冶，成了完全不同的新鲜之物。或许也因此，当我们踩着石子走出红砖砌成的正门时，面前被春色浸润的比叡山仿佛成了迄今从未见过的山峦。

这又使我认为它同沉睡在我身边的众多事物一样，带着崭新的意义再次出现了。比叡山的峰顶虽显突兀，山麓却无垠地延伸开来，就像一首主题曲的余韵将永恒地回响。一片低矮屋檐背后的更远处，可见比叡山山腰上的一片荫翳，饱蘸春意的浓淡色泽被深沉而凝缩的蓝所环绕，山腰看上去格外迫近而鲜明。

大谷大学门前往来行人稀疏，汽车也较少。从京都车站一直通到乌丸车库的市内轻轨偶尔才会传来列车通过的动静。马路对面大学操场年代久远的门柱正对着路这边的大学正门，左边是一排连绵的银杏树，此刻正生出新叶。

“就在操场上逛逛吧？”柏木说完，率先横穿过轻轨铁道。他全身剧烈抖动，就像在几无车辆的马路上行驶的水车，一路狂奔而过。

操场很宽阔，远处有几组学生在玩投接球，也不知是老师停课还是他们自己逃课出来的。近处则有五六人正练着马拉松。战争结束不过才两年，青年们就再次蠢蠢欲动想方设法地消耗精力。我想起了寺里清贫的伙食。

我们在一根已开始腐朽的浪木上坐下，漫不经心地看着那些跑马拉松的人不断接近椭圆的顶点又再次远离。从四周的阳光和微弱的春风里，我体会到了这段在学校里偷懒的时光，就像一件崭新的衬衫摩擦皮肤时的感触。竞技者们带着痛苦的喘息靠近，留下一阵随疲劳的加深而越发紊乱的步伐，还有随之飞扬的尘土，然后再次远去。

“真是一帮蠢货。”柏木开口道，语气听上去没有丝毫不甘，“那到底算什么？为了证明自己很健康？向外人展示自己健康又有什么意义呢？体育项目无处不见，这就是末世的征兆。本该公之于众的东西得不到公开，该公开的却……我指的是死刑。为什么他们不公开死刑呢？”他开始梦呓般说个没完，“你不觉得战争时期的安宁秩序是受益于公开人的横死才得以维持的吗？据说死刑不再公开执行是怕激发人的杀伐之心。简直一派胡言！那些专门收拾空袭死难者尸体的人，看起来快活得很。目睹他人的痛苦、鲜血和临终前的呻吟，可使人谦虚，使心思更为细腻、开朗和柔和。那种时候绝不会让我们变得残酷和嗜血。你不觉得正是在这种春光和美的午后，在修剪整齐的草坪上痴望枝叶间戏谑穿梭的阳光的时候，我们才会忽然间变得暴虐凶残吗？世间的诸般梦魇、历史上的种种噩梦都是这样诞生的。而那些在明媚的阳光下沉默无语、血肉模糊的身躯给了噩梦以清晰的轮廓，使得噩梦得以物质化。噩梦并非我们的苦恼，它只不过是他人肉体所承受的惨烈痛楚。他人的痛苦我们感觉不到。这是一种怎样的救赎！”

比起他这番充满血腥味的蛮横独白（当然内容本身是具有魅力的），此刻的我更想听他告别童贞后都经历了些什么。我过分地期待从他身上找寻“人生”，理由正如之前所述。我于是插嘴，隐晦地问了相关问题。

“你问我女朋友？哼，现在我全凭直觉就能辨别出那些喜欢内翻足男人的女人。有一类女人就是那样，会把喜欢内翻足男人这件事瞒一辈子，甚至带进坟墓，这是她们唯一的低俗趣味，唯一的梦。没错，一眼辨别出喜欢内翻足的女人的方法就是，她们几乎都是倾城的美人，鼻梁挺拔冷峻，嘴角带着些许放纵……”

就在此时，迎面走来一名女子。

# 第五章

那女子并非从操场中走来。操场外侧是一片住宅区，同操场之间隔着一条路，路面大约比操场的地面低了两尺，她便是顺着那条路走来的。

女子从一座气派的西班牙风格宅邸的前门走了出来。宅邸有两个烟囱，有倾斜的格子玻璃窗，有玻璃屋顶的宽敞温室，放眼望去再易碎不过。隔了一条路的操场边高耸的铁丝网，无疑是宅邸主人抗议的结果。

柏木和我就坐在铁丝网一角的浪木上。窥见女子的面庞，我立时震惊不已，因为那高贵的面庞正如柏木方才描述的喜欢内翻足的女人的面相，简直不差分毫。不过事后我又觉得我惊愕未免太过愚蠢，因为柏木或许早就见过那张脸，甚至对其朝思暮想过。

我们一直无声地等待着女人。春日的阳光倾泻而下，远方是深藏青色的比叡山峰，对面是款款而来的女子。方才柏木对我说过的话——他的内翻足和他的女人——仿佛两颗星星，点缀在真实的世界里互不干涉，柏木则在被虚假的世界无尽地淹没的同时追寻着欲望，我仍沉浸在那些奇怪的语言带来的感动中不愿醒来。上空有云彩飘过，我和柏木随即被稀薄的阴影所包裹，这让我觉得我们所处的世界忽然暴露了虚假的轮廓。一切都停滞在了灰色当中，我自身的存在也停滞了。只有远方比叡山蓝紫色的峰顶和缓缓行走的高贵女子在真实的世界里闪光，使人确信他们真实存在。

女子确实真切地走了过来。那种时间的推移如同愈演愈烈的苦痛，女人渐渐近了的同时，一张与我毫无瓜葛的别人的脸也越发鲜明起来。

柏木起身在我耳边低语，声音低沉混浊。“该走了。照我说的做。”

我不得不走。和女子平行，方向也一样，我们沿着比她走的道路高出约两尺的石台走了起来。

“从那里往下跳。”

柏木尖利的指头捅在我后背上。我跨过低矮的石台跳到路上，二尺的高度实在算不上什么。内翻足的柏木紧跟在后，带着惊人的动静，跌落在我身旁。不用说，他没跳好，摔倒了。

柏木穿着黑色制服的后背在我眼皮底下剧烈起伏，他趴在地面的模样看上去并不像人，有那么一瞬间变成巨大而无意义的黑色污点，就像雨后积在路面的污水洼。

柏木跌落在缓缓走近的女子面前，女子于是停下了脚步。我好不容易才反应过来，蹲下身子试图扶起柏木，这时看到女子鼻梁冷峻而高挺，嘴角带着些许放纵，双眼如盈盈秋水。这些细节让我仿佛一瞬间看到了月光下的有为子。

幻象转瞬即逝，我看到那未满二十岁的女子轻蔑的眼神，和试图绕道而行的行动。

柏木比我还敏感，立时明白了她的打算，大叫起来。那撕心裂肺的叫喊回荡在了无生气的白昼下的住宅区。“铁石心肠！你不管我了？我变成这样可全都因为你！”

女子回过头，颤抖不已。她以干细的指尖抚摩着苍白的面庞，终于还是向我问道：“那我该怎么办？”

柏木早已抬起头来，紧盯着女子，一字一句地说道：“难道你家连药都没有？”

一阵短暂的沉默后，女子转身朝来时的方向走去。我扶起了柏木。刚才他明明痛苦地喘着粗气，身体看似无比沉重，可搀扶他行走时，我发现他的身体竟格外轻盈……

我跑进乌丸车库前的站台，冲上电车。电车朝金阁寺方向驶出时，我终于松了口气，掌心里全是汗。

搀扶着柏木跟在女人身后、穿过西班牙风格宅邸大门的那一刻，恐惧冲击着我，我只得将柏木放下，头也不回地落荒而逃。我没有时间顺路回一趟学校，径直跑过深幽的小路，跑过药房、糕点铺、电器店的门口。途中曾有紫色和红色的光闪过眼角，那应该是挂在黑色围墙上、印有梅花家纹的灯笼。当然还有大门上挂着的紫色梅花布帘，那是我跑过天理教弘德分教会门前的时候。

我不知道要急着赶往何方。当电车缓缓接近紫野时，我才明白自己那颗焦虑的心在向往着金阁。

虽是工作日，但时值旅游旺季，当天涌入金阁的人潮甚是壮观。负责讲解的老人诧异地看着我拨开人群冲向金阁。

就这样，我来到了被飞扬的尘埃和丑陋的人群包围的春日金阁前。在讲解员嘹亮的声音里，金阁仿佛隐忍地藏起了半分美感，看似事不关己，唯有湖中倒影还清澈明亮。然而若换个角度，金阁又好似《圣众来迎图》中被众菩萨围拥在当中迎接净土往生者的阿弥陀佛一般，尘埃仿佛弥漫在众菩萨周身的金色祥云，金阁在尘雾中若隐若现，宛如古旧褪色的油彩、饱经沧桑的画像。这片纷扰和嘈杂消化在根根伫立的木柱里，顺着小巧的究竟顶和顶上的凤凰，声势渐微，终于被吸入与之相接的苍白天空里，丝毫不显突兀怪异。建筑仅仅是存在于那里，进行着统治与规范。任四周如何喧闹，金阁仍旧坐拥着西面的漱清和从二层开始逐渐收细的究竟顶，这纤细而不均衡的建筑仿佛使污水清澈的过滤器一般发挥着功用。众人私语之污秽并未被金阁排斥，而是钻进了木柱通透的间隙，最终被过滤为一种静寂、一种清明。金阁则不动声色地在地面上成就了一座如同池中倒影般绝无动摇的楼阁。

我的内心平静下来，躁动和恐怖有所收敛。美对于我来说，必须是这样一种东西，它将我与人生隔离，给予我庇护。

“我的人生若是像柏木那般，请一定要保佑我，因为我无法承受那样的人生。”我近乎祈求道。

柏木在我面前暗示和即兴表演出来的人生里，生存和毁灭意义相同。那样的人生不够自然，也欠缺金阁那种结构上的美，说得直白些只是一种痛苦的痉挛。不可否认我被其深深吸引并由此看清自己前行的方向，但它要求我必须借着满是棘刺的生之碎片让双手鲜血淋漓，这一点令我恐惧不已。柏木向本能和理智示以同等的轻蔑，他的存在本身就好像奇形怪状的皮球，四处翻滚着，试图打破现实的壁垒。那只不过是一种行为。总之柏木暗示的人生是一出危险浅薄的闹剧，其目的是击穿伪装成未知来欺瞒我们的现实，再将世界打扫得一点未知都不沾染。

之所以这样说，是因为后来我在他的住所见过一张海报。那是旅行协会发行的日本阿尔卑斯山脉的漂亮的石版画。高耸入云的白色山顶上，横向印有一行字：“未知的世界，向你发出邀请！”柏木用红笔恶狠狠地在山顶和那行字上画了斜斜的十字，并在一旁写下了“未知的人生难以忍受”，那龙飞凤舞的字迹不免让人想起内翻足的他走路时的样子。

第二天上学时，我还担心着柏木的伤。回想起来，当时我虽然扔下他落荒而逃，也算是仁至义尽，并不怎么自责，不过同时又有些担心，怕万一今天在教室见不到他。就在快上课时，我还是见到了柏木和从前一样，夸张地耸着肩膀走进教室。

课间休息时我赶忙上前抓住柏木的手腕，我很少这么主动。他咧开嘴笑着跟我来到走廊。

“你的伤没事吧？”

“伤？”柏木看着我，似乎带着怜悯的笑，“我什么时候受伤了？嗯？该不会是你做梦，梦到我受伤了吧？”

我登时哑口无言。柏木吊了我好一阵胃口才道明真相。

“那都是装出来的。故意从那条路上摔下来，我都不知练习过多少次了，就是为了看起来摔得很严重，像是摔骨折了。那女人竟然想装糊涂走开，这倒是出乎我意料。不过你就看着吧，那女人已经开始迷上我啦。不对，我说得不准确，应该说是迷上了我的内翻足。她亲自不停地往我腿上抹碘酒呢。”

他卷起裤脚，露出染成淡黄色的小腿。

那时我意识到自己见证了他的骗术，他故意摔倒在路上，自然是想引起女人的注意，可会不会还想借由受伤来掩盖内翻足呢？然而这一疑问并未使我轻视他，反而成为我与他更亲近的种子。并且我以青年气息十足的感知方式认为，他的人生哲学越是充满欺诈，他对人生的诚实就越能得到证实。

鹤川并不看好我与柏木之间的交情。他来给予我饱含友情的忠告，却让我觉得厌烦不已。我还同他理论，说他鹤川可以去找更好的朋友，我觉得柏木对我来说就很适合。当时我并不理解鹤川眼中闪烁的难以言喻的悲愤，很久之后再回忆起时才感到悔恨不已。

五月了。柏木为避开双休日拥挤的人群，刻意挑上课的日子去岚山游玩。他还提议若是晴天就放弃，若是多云阴郁的天气就出游，这也像极了他。他将带着那名西班牙风情建筑里的大小姐，还承诺替我约来他租住的房东家的女儿。

我们约在了京福电铁线的北野站见面，这条线路一般被称为岚山电车线。真是幸运，当天出现了五月里少有的阴沉而抑郁的天气。

鹤川家里好像出了什么乱子，请了一个星期假回东京。我们一直一起上学，他绝不是那种多嘴的人，不过如此一来我就完全不必向他隐瞒此次行踪了，这倒省了我尴尬。

唉，那次郊游的回忆对我来说是苦涩的。一行都是年轻人，而年轻人特有的阴暗、焦虑、惶恐和虚无则给出游的那一日不留空白地着上色彩。柏木必定是早预感到了将要发生的一切，才选择在天空阴暗的日子出游。

当天吹的是西南风，本以为势头会愈演愈烈，没想到风势突然减弱，只留下阵阵难以琢磨的微风轻拂。天空一片昏暗，但还没到无法辨别日头所在的地步。几朵云就像层层衣襟下不经意间露出的白色胸脯，闪着雪白的光。那片雪白的深处是那样模糊，似乎在暗示太阳的所在，可眨眼间便被吞没在阴沉天空混沌的色调中。

柏木的诺言并非儿戏。检票口可以看到他被两个年轻女子簇拥着的身影。

其中一个的确是那天的女子。她是个美人，鼻梁冷峻高挺，嘴角带着些许放纵，身着进口布料制成的西式服装，肩头挎着水壶。她前边是微胖的房东女儿，无论装扮还是容貌都差她很远，唯有小巧的下颚和紧凑的唇角略有一丝少女气息。

在前往目的地的车上，本该属于郊游的欢乐氛围就已尽毁。我听不太清内容，只知柏木和大小姐一直争论着，大小姐还时不时紧咬双唇，似乎在强忍泪水。房东女儿对一切并不关心，只自顾自地轻声哼唱流行歌曲。突然她对我这样说道："我家附近住着一个十分美丽的插花老师，不久前她告诉我一个悲伤的爱情故事。那个老师在战争时期曾有个恋人，是陆军军官，在他要上战场的时候，二人在南禅寺短暂见了一面。他们的关系不被父母认可，在分别前他们有了孩子，结果很可怜是个死胎。军官悲叹了好久，最后说想在分别时喝下恋人身为母亲的乳汁。而老师说由于时间不多，她当场挤下乳汁兑在茶水里，让军官喝了下去。一个月后，老师的恋人死在了战场上，自那之后她一直守寡，一个人生活。她还那么年轻，那么美丽……”

我简直不敢相信自己的耳朵。战争末期我与鹤川在南禅寺的山门上所见的那匪夷所思的一幕再次浮现在眼前。那段回忆我故意没讲给房东女儿听，因为我觉得一旦说出口，当时那份神秘的感动将遭到来自眼前这段故事的感动的背叛。而我若不说出口，这故事非但不会成为谜题的解答，反而给当时的神秘又蒙上一层遮掩，仿佛又使它更为深沉。

电车此时正驶过鸣泷站附近的一大片竹林。竹子在五月已开始凋零泛黄，梢间的微风让枯叶如雨般飘落，根部则似乎毫不为此所动，越往深处，粗大的竹节便越是杂乱地相互纠缠交叉，寂静地生长。只有那些靠近疾驰电车的竹子在夸张地摇摆。其中一棵树龄尚小、泛着青涩光泽的竹子进入我的视野。那棵竹子夸张地弯折着，运动的轨迹给人奇异而妖艳的印象，它短暂停留在我的眼中，又渐渐远去、消失……

到岚山后，我们一行人行至渡月桥头，拜了一直以来都不知道也未曾注意到的小督局墓。

小督局为避平清盛而藏身于嵯峨野，源仲国奉敕令搜寻，在一个仲秋明月之夜，他循着微弱的琴音找到了小督局隐居之所。那支琴曲名为“想夫恋”。谣曲《小督》中有，“月下疾行夜，法轮拜参时。琴音绕窗笼，山风戏松枝。隐者弦间匿，贞女曲中泣，耳闻想夫恋，心思喜笑之”。小督局最终留在了嵯峨野的庵中，终日为高仓帝的亡灵祷告祈福，度过余生。

墓冢在一条窄径的深处，不过是巨大枫树和枯朽梅树之间的一座石塔而已。我和柏木郑重其事地诵起了短经。柏木诵经时十分生硬，这种诵法是一种亵渎。我受其影响，也像个哼曲的学生般诵完了经文。这一次对神圣的小小亵渎深深地解放了我的感觉，使我重振精神。

“优雅的坟墓看起来就是这么寒酸。”柏木道，“政治权力和金钱造就华丽的墓地、宏伟壮观的墓地。那些家伙生前就没什么想象力，造出的墓自然也不会给想象力留有任何余地。而优雅的人活着时依赖的就只是自我和他人的想象力，因此死后的墓地也只能依靠发挥想象力而留下来。我觉得这才可悲，因为他们死后也必须不断向他人乞讨想象力。”

“难道优雅只存在于想象力之中吗？”我兴致勃勃地接下话题，“你说的实相，关于优雅的实相指的是什么？”

“这个呀，”柏木摊开手掌，反复拍打着生出青苔的石塔顶端，“是指石头或骨头，人死后留下的无机的部分。”

“你真是个十足的佛教徒。”

“去他的佛教。优雅、文化、人类认为的美的东西，所有一切的实相都是不生草木的无机物质。一切不过是石头，虽不到龙安寺那种程度。哲学也是石头，艺术也是石头。而说起人类有机的感兴趣的东西，多么惭愧，只有政治而已。人类几乎就是一种自我亵渎的生物。”

“那么性欲属于哪边呢？”

“性欲？差不多在中间吧，在人和石头之间不停上演的捉迷藏游戏。”

关于柏木对美的看法，我真想立即加以反驳，但又发现两个女子已厌倦了我与他的思辨讨论，正顺着小径折返，于是也跟了上去。从小径遥望保津川，可以看见渡月桥北面隐约露出的部分河堤。河对面的岚山氤氲着一片阴郁的绿，只有河流的水花画出一条生机勃勃的白线，水声在靠河堤的一面回响。

河面上小船不少，不过当我们顺着岸边走到道路尽头龟山公园的入口处时，发现地上只有零散的果皮纸屑，就明白今日游园的人其实并不多。

我们站在公园门口回首，再次眺望保津川和岚山的新绿之景。对岸一条小瀑布飞流直下。

“美丽的风景是地狱。”柏木道。

不知为何在我听来柏木的话有些盲目臆断的意思，不过我还是学着他的样子眺望眼前的景色，试图将其想象成地狱。这种尝试并非徒劳，地狱正摇曳在眼前这片被新绿环绕、安静而泰然自若的风景中。地狱不分白日黑夜，不分时间场合，仿佛永远会按人所想所期盼的方式出现。它仿佛就存在于我们身边，随叫随到。

岚山上的樱花据说是十三世纪从吉野山移植而来，这个季节已几乎落尽，开始抽出嫩叶。花季一过，花之于这一方土地，只不过是香消玉殒的美人名字而已。

龟山公园里大多是松树，其色彩体现不出季节的更迭。公园占地广阔，地势有较大起伏，松树亭亭如盖，枝叶不光往高处生长，无数裸露在外的枝干不规则地交叉，破坏了眺望公园时产生的远近之感。

一条宽阔迂回的路环绕着公园，起伏不定，四处可见树桩、灌木丛和小松树，泛白的巨大岩石半埋在泥土里，红紫色的杜鹃花盛开在其四周。在阴沉的天空下，那鲜艳的颜色看上去带着恶意。

洼地处建了秋千，一对年轻男女正在玩耍，我们顺着旁边的斜坡攀登至山丘顶端，在如伞般张开的凉亭下休息。自此处往东眺望几乎可见公园全貌，向西可透过层层树林俯视保津川的水流。秋千嘎吱嘎吱作响，如同永不停歇的齿轮，那声音接连不断地爬上斜坡，传至凉亭。

大小姐打开包袱，此前柏木告诉我用不着带便当，看来并非虚言。包袱里有四人份的三明治，有很难弄到的进口点心，还有一瓶专供给驻日美军享用、只有从黑市才能买到的三得利威士忌。据说当时京都是京都、大阪、神户一带黑市交易的中心。

我不胜酒力，不过还是和柏木一起双手合十，然后接过递来的玻璃酒杯。两个女子喝的是事先装在水壶里的红茶。

直到现在，我还是对柏木和大小姐的亲密关系感到半信半疑。我不明白为何一位看似高傲冷漠的大小姐偏要对柏木这样的内翻足穷学生献殷勤。似乎是为了解答我的疑惑，两三杯酒下肚后，柏木开口了：

“刚才我和她在电车上吵架，是因为她家人要逼她和不喜欢的男人结婚。她很容易服软，差点就范，于是我就半安慰半吓唬她说，我会坚决阻止这桩婚事。”

这种事本不该在当事人面前说出口，可柏木毫不避讳，对大小姐视若无物，而大小姐听到这番话后，表情也并未发生任何变化。她滑嫩的脖颈上挂着一串陶瓷制的青色吊坠，阴沉的天空在她身后，鬈曲秀发的轮廓给她过于鲜明的面庞蒙上了一层柔和的光。她眼中含泪，因此眼睛给人鲜活而赤裸的印象。显得轻佻的小嘴一如往常般微微张开，唇间微露的缝隙里可以窥见她小巧锐利的牙齿闪着冷峻的白光，让人感觉是某种小动物的牙齿一般。

“疼！疼！”柏木忽然蜷缩起身体，抱着小腿呻吟。我赶忙俯身上前去帮忙，不料柏木却将我推开，似在冷笑，并给了我一个怪异的眼神。我缩回了手。

“疼！疼！”柏木以再逼真不过的声音呻吟。我下意识地看了一眼他身旁的大小姐，只见她的神情发生了明显的变化，眼神里没了之前的沉静，焦急不已，嘴角都颤抖了，唯有冷峻高挺的鼻梁不为所动，形成奇异的对比，也打破了她面部的协调与平衡。

“坚持一下！坚持一下！我这就给你治！”我第一次听到她如此高亢、旁若无人地喊叫。大小姐伸长脖颈环顾四周，随即跪在凉亭的石板地面上，然后抱起柏木的小腿。她的脸越贴越近，最后吻了上去。

我再次被那时感受到的恐惧包围了。我看了一眼房东女儿，她正漫不经心地哼着歌，四处张望。

此时的阳光正穿透云层，又或许是我的错觉。然而，公园宁静的构图开始扭曲，环绕在我们身旁的明朗画面，那些松林、河面的波光、远处的群峰、雪白的山岩、四散的杜鹃花……我感觉这一切填充起来的画面上的各个角落都遍布着龟裂的纹理。

再回到眼前，本该发生的奇迹似乎也真的发生了。柏木逐渐停止了呻吟，抬起了头。就在抬头的瞬间，他再次朝我投来轻蔑的目光。

“好了！真是神奇。每次腿疼时，只要你这样替我治疗就不疼了。”

柏木说着伸出双手，揪着女子的头发拎了起来。头发被揪着的女子微笑着仰视柏木，表情如同忠诚的狗。在朦胧而泛白的光照下，美丽的大小姐的脸蛋一瞬间看上去成了柏木口中六十多岁老妪的那张脸。

不过，造就了奇迹的柏木越发精神起来，精神得近乎疯狂。

只见他放声大笑，一把将面前的女子抱上膝盖，亲了一口。他的笑声在洼地的松树梢间回荡。

“你怎么不跟人家聊聊？”他对着沉默的我说，“难得我为了你多带了一个姑娘来。还是说你怕结巴了惹人笑，不好意思？再结巴点！再结巴点！说不定她还会迷上你的结巴呢。”

“你是结巴？”房东女儿似乎这才反应过来，接过话道，“那这下三个残废凑齐两个了。”

这句话深深刺中了我，几乎使我无地自容。然而令人费解的是，我对她的厌恶竟然马上变为欲望，还带着某种眩晕。

“我们分成两组各玩各的去吧，两个小时后再来这凉亭碰头。”柏木看着还在下面饶有兴趣荡着秋千的男女，说道。

告别了柏木和大小姐，我和房东女儿一起顺着凉亭的北面而下，又朝东边绕去，走上一处缓缓的斜坡。

“那家伙把小姐捧成‘圣女’啦。他总是用那一招。”姑娘说道。

我剧烈地结巴着反问道：“你、你怎么知道？”

“这有什么，我跟柏木也有过一段的。”

“也就是说现在已经没关系了？亏你沉得住气。”

“我才无所谓呢。为那种废人，没必要。”

这话反而给了我勇气，我继续问道：“你该不会是也爱上了他的内翻足吧？”

"快别说了，那脚跟青蛙似的。我嘛，嗯，倒是觉得他有一双漂亮的眼睛。"

这句话则让我再次失掉信心，因为无论柏木怎么想，女人都爱着他未曾自觉的美，而我傲慢地认为了解自身的每一个细节，唯独拒绝这种美。

我和姑娘沿斜坡而上，来到深幽处一片不大的草地上。从一片青松和水杉的缝隙之间可隐约望见远方的大文字山、如意峰。从丘陵往下伸往街区的斜坡上长满了竹林，竹林的尽头，一棵晚开的樱树上花瓣都还未落。那花开得真是够晚，让我不由得觉得它因太过结巴才耽误到现在。

我心里堵得慌，胃部也沉甸甸的，倒不是酒精的作用。一旦时机成熟，欲望就越发沉重，以一种抽象的构造离开我的身体，凌驾于我的肩膀之上，让我觉得那简直就像一种黝黑、笨重的铁制机械。

我多次表达过，无论柏木迫使我面对人生是出于善意还是恶意，我都接受。初中时曾偷偷刮花学长刀鞘的我，清楚地知道自己没有资格去面对人生中光明的表面。柏木是第一个教会我从背面的捷径通往人生的朋友。乍一看似乎在冲向毁灭，但实际上富含意料之外的术数，将卑劣直接变为勇气，将我们称之为恶行的东西再次还原为纯粹的能量，可谓一种炼金术。而且，事实即是如此，这就是人生，可以前进、获得、推移、丧失。即便不能称之为典型的生，它也具备了生的一切机能。若是在我们看不见的地方，所有的生之前提都是所谓的无目的，那么它就更与通常意义上的生等价了。

我觉得就连柏木也酩酊大醉了。我早就知道，无论怎样阴暗的认识中都潜藏着认识本身的迷醉。而能让人醉的，酒自然当属首位。

我们坐在了一片褪色且被啃噬过的杜鹃花的花荫下。我不明白房东女儿为何愿意跟着我。我惯于在言语上苛求自己，但实在不明白为什么这姑娘会被想要“伤害自己”的冲动驱使。这世上应该有一种默许源于羞耻和温柔，姑娘一味地纵容着我的手在她微胖的小手上摩挲，如同苍蝇游走在午睡的身体上。

然而漫长的接吻和姑娘下巴柔软的感触使我的欲望苏醒。这本是我梦寐以求的东西，但现实感显得稀薄而肤浅，疾驰的欲望偏离了轨道。苍白的天空，竹林的低语，杜鹃花瓣上执着地攀登的七星瓢虫……这一切仍然毫无秩序地零乱存在着。

我一直抗拒将眼前的姑娘看作欲望的对象，应该将其看作人生，一个只要勇往直前便可攻克的关口。如若错过了眼前的机会，恐怕人生就要永远将我抛弃。我心中还悬着被口吃阻挠、无法顺利开口的万千屈辱回忆。我应该毅然张口，即使结巴也要继续说些什么，以此将生掌握在自己手里。柏木那刻薄的怂恿，那毫无顾忌的喊叫——“再结巴点！再结巴点！”——在耳畔重响，鼓舞着我。最终我将手伸向了她的衣服下摆。

金阁就在那时显现了。

这威严饱满、忧郁而敏感的建筑，这四处残留着斑驳金箔、宛如奢华尸骸般的建筑。似近在咫尺却又遥不可及、似亲密无间却又拒人千里，就在这样一种难以言喻的距离之外，清澈如许浮在空中的金阁显现了。

它矗立在我与我所向往的人生之间，起初如微缩画般渺小，随后日渐膨胀，就好像那座精巧的模型将大千世界收入其里，同时又与巨大的金阁遥相呼应一般，几乎覆盖了包围着我的世界的每一个角落，其尺寸恰好可以将世界填满。它如同气势恢宏的乐曲充满了整个世界，仅凭音乐便充实了世界的所有意义。时常将我疏远、屹立在我之外的金阁，如今却完全地包裹住了我，让我在其构造内部有容身之所。

房东女儿遥远而渺小，如尘埃般飞散了。她为金阁所排斥，那么我的人生同样也是被排斥的。我整个人被美包裹，哪里还能企图拥有人生？站在美的立场，它也有权利要求我放弃。不可能一手触碰永恒，一手触碰人生。如若行为对于人生的意义在于向某个瞬间忠诚地宣誓，使这一瞬间得以停留，那么金阁或许早已知悉一切，在短暂的一瞬不再疏远我，亲自化身为那一瞬间，以此让我知晓我对人生的渴望是多么虚无。金阁早已知悉，即使人生中化身永恒的瞬间使人痴醉，和此时的金阁化身瞬间的永恒相比也根本不值一提。美永恒的存在将阻挠我们的人生，对生的毒害说的正是这种时候。生展现给我们的转瞬即逝的美在这样的毒害面前不堪一击。它将瞬间崩塌，灭亡，甚至连生本身都将暴露在来自灭亡的苍白光晕之下。

且说我被幻化的金阁完全拥抱的时间并不长。待回过神时，金阁已消失不见。它只不过是一座位于东北方向名为衣笠之地的、存在至今的建筑，绝不可能在这里见到。金阁像刚才那样接受我、拥抱我的梦幻时间已经过去。我躺在龟山公园内某丘陵的顶端，周围只有花草，迟缓飞翔的昆虫，还有肆无忌惮躺着的姑娘。

见我突然退缩，姑娘递来一个白眼后就起了身。她扭过去，背对着我，从提包里掏出镜子照了起来。她什么也没说，但那份轻蔑就好像秋天附着在和服上的秋苋菜的种子，一遍又一遍地戳刺着我的皮肤。

天空低垂，雨滴轻轻拍打着四周的青草和杜鹃花的叶子。我们慌忙起身，顺着通往方才凉亭的道路疾行。

郊游草草收场，不过当天给我留下极其阴暗印象的原因还有其他。当夜开枕前，老师收到一封来自东京的电报，随即向全寺公开了其内容。

鹤川死了。电报内容很简单，只写了他死于事故，事后我才了解到如下细节。前一天的夜里，鹤川受邀去位于浅草的伯父家喝酒，而他酒量很浅。回家的路上，他在车站附近被突然从路口冲出来的卡车撞飞，摔碎了头盖骨，当场死亡。他家里几乎塌了天，直到次日午后才终于想起给鹿苑寺发电报。

父亲死时都未落泪的我流下了眼泪。因为我明白，鹤川的死比父亲的死更为严重，它关乎一个极为紧迫的问题。认识柏木之后我多少有些疏远了鹤川，直到如今失去他后才明白，我与光明白昼的世界间仅有的一缕联系也随着他的死而被斩断了。我是为了逝去的白昼、逝去的光明、逝去的夏天而哭泣。

即便我有奔赴东京吊唁的心，也没有盘缠。从老师那里得来的零用钱每月只有五百，而母亲本来就没什么钱，每年至多给我寄一两次生活费，每次两三百。她之所以变卖家产去投奔加佐郡的伯父，也是因为父亲死后，仅凭施主每月奉上的价值不足五百块的大米和政府那点微薄的补助金实在难以度日。

我没见到鹤川的遗体，也没有出席葬礼，我不知该如何面对鹤川已死这一事实。他那曾沐浴着枝叶间洒落的阳光、轻盈起伏的白衬衫如今正在燃烧。谁能想象那纯粹为了光明而生、只有光明才与之相称的肉体与精神，会被墓土掩埋而长眠地下。他没有哪怕一丝夭折的征兆，他生来就与不安和忧愁无缘，全身上下更是没有丝毫同死亡相通的关联，或许这正是他突然死亡的原因。就如血统纯正的动物生命力脆弱，鹤川全身上下都由生之纯粹组成，或许全无抵御死亡的能力。而我或许和他正好相反，已被许诺了应受诅咒的长寿。

他居住的世界通体透明，这对我来说是一个难解之谜，并随着他的死去变得更为可怖。一辆从路口冲出的卡车撞向那个世界，就像撞上一面透明至无法辨识的玻璃，使其粉碎。鹤川不是病死的，这更贴合了上述比喻，死于事故这种死法和他那纯粹无比的生之构造最为相称。仅仅因一瞬间的接触而来的冲击，他的生和他的死合而为一了。高速的化学反应。一定只能通过这种过激的方法，那位连影子都没有的神奇年轻人才能同自己的影子、同自己的死亡相结合。

鹤川居住的世界充溢着明朗的情感和善意，我可以断言他居住其中并非出于误解或幼稚的判断。他那颗不属于这个世界的明亮的心源于某种力量、某种坚韧的温柔，那已成为他运动的法则。他将我所有黑暗的情感翻译为光明的情感，这种做法中存在着某种无可抗拒的正确。他的光明与我的黑暗是如此针锋相对，形成极其细致的对比，以至于我有时甚至怀疑鹤川是否曾经如实地经历过我心中的一切。并非如此！他世界中的光明既纯粹又偏执，来自于他自身敏感的体系，或许其精密程度已相当接近于恶的精密程度，或许这位青年不挠的肉体之力已无法持续地背负着它运动，这明亮而透明的世界才瞬间崩塌。他跑得如风驰电掣，而卡车碾过了他的肉体。

鹤川曾有再明朗不过的容貌和修长的身躯，那些是他给人好感的根源，而如今都不复存在，这再次诱使我展开对人身上看得见的部分的神秘思考。曾经就在我们眼前的东西驱使着那股明朗的力量，这多么不可思议。精神为了获得这种朴素的存在感，竟有这么多不得不向肉体学习的地方。虽说禅以无相为体，明白心无形无相即为见性，然而见性之力若要识无相，恐要对形态的魅力抱有极度敏锐的嗅觉。无法以无私的敏锐观察形与相的人，又何以切实观察和感知无形与无相？诚如鹤川一般仅以存在本身即可散发光明、可以眼见手触、堪称是为了生而存在的生，如今都不复存在了——明晰的形态是不明晰的无形态最好的比喻、真实存在感是无形的虚无最真实的模型——我甚至觉得他本人也只不过是这样一种比喻而已。就好像他与五月开放的花朵的相似之处、相称之处在于五月突然的死，而这又使得他与撒落在他棺柩上的花朵如此相似、如此相称。

总之，我的生中缺少像鹤川的生一般坚实的象征性，因此他对我来说必不可少。最令我嫉妒的是，他没有丝毫如我般的独特性，或如我般独自担负起使命的意识，就那样结束了自己的人生。正是这种独特性剥夺了生的象征性，即把他的人生比喻成其他东西的象征性，进而剥夺了生的延展和连带感。这种独特性是孕育无处不在之孤独的本源。真是奇妙，就连虚无，我都和它没有任何共鸣。

孤独复苏了。那天之后我再也没见过房东女儿，与柏木的交往也不如从前那般密切了。我仍沉迷于柏木生存之道的魅力中，但觉得至少该表现出些许抵抗并与他疏远才算得上对鹤川的祭奠。我给母亲去信，明确地要求她在我出人头地之前莫要再来。我曾当面对母亲说过这种话，但总感觉非得以书面形式再跟她郑重强调一次才能安心。她的回信啰唆不已，一会儿是帮伯父家做农活很忙，一会儿又是完全教训式的叮嘱，末了还加了一句："我就盼着看一眼你成为鹿苑寺住持的样子再死。"我恨她写下的这一行字，几天后，这一行字更使我惴惴不安。

整个夏天我都没有去母亲的寄身之所探望过。伙食差劲使得夏天委实难熬。九月十日后的一天，有预警说超强台风或将来袭，寺里安排人员在金阁守夜，我主动申请并得到应允。

我感到这段时间我对金阁的感情产生了微妙的变化，不是憎恨，而是一种预感：总有一天，我体内缓慢滋生的东西将与金阁势不两立。自龟山公园归来后，这感觉就十分清晰，只是我一直恐于面对它、给它定义。不过，能被委派整夜看守金阁还是让我欣喜，我没有隐藏这份喜悦。

究竟顶的钥匙交到了我的手上。第三层楼尤其宝贵，门梁上挂有天子小松帝亲笔题的匾额，高出地面四十二尺，气韵高洁。

广播里频繁播报着台风逼近，四下却无任何征兆。午后零星飘起的小雨停歇后，明朗的满月爬上夜空。寺里众人来到庭院看着天空，纷纷议论这是暴风雨前的宁静。

寺内一片寂静。金阁内只有我孤身一人。身处月光无法触及之地，我恍惚觉得金阁厚重而奢华的黑暗包裹了我。这种现实的感觉缓缓浸润着我，仿佛它将直接化为幻觉。待回过神时我才明白，如今我真实地存在于当初在龟山公园将我与人生隔离开来的那个幻影里。

我一个人，任由绝对的金阁将我包裹。该说我拥有了金阁，还是金阁拥有了我呢？或者其中生出了罕见的平衡，“我即金阁、金阁即我”的状态正试图成为可能呢？

晚上十一点半左右，风势渐强。我借着手电的光爬上台阶，将钥匙插入究竟顶的钥匙孔里。

我依着究竟顶的栏杆而立。风是东南风，不过天空还没有任何变化。月光在镜湖池的水藻中闪烁，四周满是虫声和蛙鸣。

最初强风扫过脸颊时，我的肌肤上划过一丝近乎肉欲的战栗。风力无限增强，仿佛要化作劲风，预示着我和金阁的坍塌。我的心在金阁之内，同时又在劲风之上。决定了我的世界构造的金阁，并无随风摇摆的帷幔，只泰然自若地沐浴月光，而风和我凶恶的意志终将使金阁动摇，使其觉醒，在坍塌的瞬间夺去金阁傲慢存在的意义。

是啊，到那时我将被美包围，在美之中。凶恶的风试图无限地膨胀下去，失去了其意志的支撑，我怀疑自己是否能安稳地被美包裹。就像柏木呵斥我“再结巴点！再结巴点！”一样，我试着朝狂风大喊，犹如鞭笞和鼓励骏马一般。

“再强些！再强些！再快些！再用力些！”

森林开始窃窃低语，池边的枝叶开始相互拉扯。夜空失去了平静的蓝，混浊地化为更浓暗的藏青。虫鸣之势不减，风声却如遥远神秘的笛鸣，似乎要唆使它们更激烈、更疯狂。

我看见月亮之上掠过层层云团，它们由南往北，如大军压境般从山峦背面奔涌而出，有的厚重，有的轻薄，有的巨大，还有的撕裂为数块碎片。所有云都由南而来，从月前掠过，翻过金阁顶端，十万火急般向北呼啸而去。我仿佛听见了头顶凤凰的鸣啼。

风忽而静谧，忽而强势。森林机敏地竖起耳朵，或安静或躁动。池中的月影忽明忽暗，扭曲了四散的光，从湖面一扫而过。

盘旋集聚在山另一侧的云团如同一只巨大的手掌向整片天空蔓延，吵吵嚷嚷挪动着不断逼近，甚是壮观。在云团间隙处可以偶尔看见露出半边的透彻天空，很快便再次被云层遮掩。不过当云层极为薄弱时，还是可以看见月亮透过云层散发出朦胧的光晕。

一整夜天空都是这般动静，但风势没有愈演愈烈的意思。我在栏杆下睡着了。次日清晨放晴，寺内老者早早就来唤我，告诉我万幸台风与京都擦肩而过。

# 第六章

我为鹤川服了将近一年的丧。孤独一旦开始，我就迅速适应，也再次明白几乎不与任何人交流的生活对我来说不需要刻意努力。对于生的焦躁也离我而去，死掉的每一天都那么舒适。

学校图书馆成了我唯一的享乐场所，在那里我不读与禅相关的书，而是随手找来翻译小说和哲学书。我不想在此公开那些作家和哲学家的姓名，我承认他们对我多少有些影响，我后来的行为也有一部分他们的因素，但我仍相信行为本身是我的独创，最重要的是我不喜欢自己的行为被归结为是受了某种既成哲学的影响。

自少年时起，不被人理解就是我唯一的骄傲。之前说过，我天生缺乏尝试让他人理解某事的表现上的冲动。我不计后果地试图使自己表现得更为明晰，但对这是否源自希望他人了解自己的冲动存疑，因为这种冲动遵循了人类的本性，也是自我和他人之间的桥梁。金阁之美赋予的沉醉将一部分的我变得不透明，夺走我身上其他一切沉醉，因此为了与之对抗，我不得不遵循自我的另一部分意志以确保其明晰的部分。不知他人如何，反正对我来说，明晰便是我自己，反过来说，我并不是明晰的自己的主人。

读大学预科的第二年，即昭和二十三年春假的一天，当夜老师不在寺内，如此幸运的自由时光，没有朋友的我只能独自散步消磨。我穿过大门，出了寺。门外有一条水渠，渠边立着一面警示牌。

这本是再熟悉不过之物，不过我还是停下来，在月光下百无聊赖地逐句读起古老警示牌上的文字。

告　　示

一、未经许可不得改变现状

二、禁止任何其他影响保存之行为

若有违反以上规定者依国法处置

昭和三年三月三十一日　内务省

显然这警示牌中所指之物是金阁，然而不知其抽象的语句究竟在暗示什么，只能让人认为不变不坏的金阁与这警示牌毫无关联地立在别处。这警示牌似乎原本是为某种无法理解或者说不可能的行为而立的。立牌者为概括此类行为一定伤透了脑筋。为惩罚非狂人而策划不来的行为，事先该如何警戒那狂人呢？恐怕只有依靠非狂人而无法阅读的文字了……

就在我胡思乱想时，门前宽阔的石板路上走来一个人。此时没有了白天的观光人群，只有月光映照下的松树和远处电车轨道上往来穿梭的汽车前灯的光亮占据了这里的夜。

我忽地认出那人是柏木，看走路方式就知道。于是这漫长的一年里我选择的疏远被束之高阁，回想起的全是对他曾治愈我的感激。没错，从见第一面起，他丑陋的内翻足、对我无顾忌的羞辱和那彻底的自白都抚慰了我残缺的思想。当时我第一次感受到了平等对话的喜悦。沉浸在自己身为和尚和结巴的固有意识的深处，我品尝到了近似于做缺德事的喜悦。与之相对，同鹤川交往时这种意识经常会被抹去。

我对柏木笑脸相迎。

他身着制服，手上拎着一个细长的包裹。“你正要出门吗？”他问道。

“也不是……”

“还好碰上你了。其实——”柏木坐在路旁的石台阶上，打开包裹。两支散发着黝黑光泽的尺八跃然眼前。“不久前家乡的伯父去世，留了一支尺八给我，好像是有名气的好东西。不过我手头还有当初他教我时送的一支，我用习惯了，留两支也多余，所以想带一支来送给你。”

对于从未收到过礼物的我来说，不管收到什么都很开心。我接过来打量了一番，这尺八前面有四个孔，后面有一个孔。

柏木接着说道：“我属于琴古流[1]。我想着难得今天月色好，可以的话让我在金阁上吹它一吹才过来的，顺便也教教你……”

“现在就可以。老师不在，所以守楼老头偷懒还没打扫完，他打扫完才关门。”

柏木出现得过于唐突，因为月色好就想在金阁上吹奏的请求也同样唐突，这一切都不像我认识的那个他。然而对于我单调的生活来说，这样的意外反倒成了惊喜。我拿着他送我的尺八，领着他往金阁去了。

那天晚上和柏木究竟聊了些什么，我已经记不太清。我想应该没什么太有意义的内容，反正柏木完全没提起他那一贯乖张的哲学和恶毒的诡辩。

或许他来就是专门为了展示他不可思议的另一面。这个言语恶毒、除了亵渎美之外对任何事都不感兴趣的家伙向我展示了细腻的另一面。关于美，他有着远超过我的精密理论。那并非通过语言，而是借由举止、眼神、尺八所奏的曲调和暴露在月光中的额头向我娓娓道来的。

①与都山流并列为吹奏尺八的两大流派。

我们倚靠在第二层潮音洞的扶手边。屋檐向上的弧度舒缓延展，庇护着下方被八根典雅的天竺样斗拱支撑着的走廊，延伸至倒映着月亮的湖面。

柏木先吹了一首名为《御所车》的小曲，技巧之纯熟令我惊讶。我学着他的模样把嘴唇放在吹奏口旁，却吹不出声音。他先教我左手放在尺八上这一握法，然后又悉心教我腮帮怎样用力、嘴唇在孔口如何开合、往里吹送宽广而轻薄的气流时的诀窍等。我试了很多次都吹不出声音。我的脸颊甚至是眼睛都在用力。明明没有风，我却觉得湖面的明月仿佛支离破碎了。

筋疲力尽的我在某个瞬间甚至怀疑，柏木是否为了故意取笑我结巴才强迫我这样苦苦练习。可渐渐地我觉得，肉体上试图发出发不出的音时的努力，似乎净化了平时精神上畏惧结巴又试图顺利说出第一个字时的努力。我觉得那些还未发出的声音早已真实地存在于这个月光下的寂静世界的某个角落。如果我通过种种努力最终找到那个音并使它觉醒该有多好。

该如何找到那个音，如何找到如柏木吹奏出的奇妙之音呢？别无他法，唯有熟练将使其成为可能。美即是熟练。就好像虽然柏木的内翻足丑陋，但他仍可找到那些清澈而美妙的音色一样，只要我足够熟练，一定也可以达到目标，这一想法给了我勇气。不过我又有了另一种看法：柏木吹奏的《御所车》，旋律听上去那样优美，当然离不开皓月当空的美好夜晚给予的烘托，但原因或许是他那丑陋的内翻足？

随着对柏木的了解越来越深，我明白了一点：他憎恨持久的美。他只喜欢转瞬即逝的音乐、几天就枯萎的插花这类事物，而厌恶建筑和文学。他来金阁一定也只是为了一睹月光下的金阁。而音乐之美多么不可思议！由吹奏者创造的短暂的美，将某段特定的时间化为纯粹的持续并绝不再重现，就如同蜉蝣般短命的生物一般，是对生命本身的绝对抽象和创造。再没有比音乐更近似生命之物，它们出于同一类美，和金阁疏远生命、侮蔑生存的美不同。而当柏木吹奏完《御所车》的瞬间，音乐，这个架空的生命即走向了死，他丑陋的肉体和阴郁的认知没有受到丝毫伤害，没有发生任何改变，仍然留在原地。

柏木对美的索求绝对不在于慰藉！他对此只字不提，但我知道就是这样。透过唇间吹进尺八的气息，经过短暂的时间在半空中成就了美，随后他自己的内翻足和阴暗的认知仍鲜活地存留持续，甚至比之前更甚——这才是柏木真正所爱！他爱的正是无益的美、穿透身体而不留任何痕迹的美、绝对无法改变任何事的东西……若我认为的美也是那种东西，那我的人生该有多么轻松。

在柏木的指导下，我不厌其烦地不知尝试了多少次。我的脸涨得通红，呼吸急促起来。一瞬间我突然化身为鸟，嗓子里似乎发出鸟啼声，从尺八里传出厚重的声响。

“就是那样！”柏木笑着大喊道。

声音不算优美，但接二连三地冒了出来。那时的我听着这些仿佛与自己无关的神秘声响，想象着那是头顶的金凤凰发出的鸣叫。

自那晚之后，我照着柏木给的自学书本，每晚苦练尺八。我慢慢会吹“日之丸将白色大地染红”了，我与他的友情也恢复到了往日模样。

五月到了，我心想为还柏木的人情，得替他做些什么，但我没有钱。一咬牙告诉柏木实情，他回答不需要钱买来的礼物，随后便一咧嘴，说了以下这番话：

“好吧，难得你开口，我就告诉你我想要的东西。最近我想插花，可花价太高，如今金阁不是开着鸢尾花和燕子花吗？能不能给我摘几朵含苞待放或者刚开的燕子花？再来六七棵木贼草，行吗？今晚就行，拿到我的住处来。”

我没有多想就一口应下，过后才意识到他这是在教唆我偷盗。而我碍于颜面，无论如何也得做这盗花人了。

当晚的药石是面食，烤得黝黑的沉甸甸的面包配上煮蔬菜。万幸是星期六，下午就能自由活动，该出去的人早都出去了。今晚是内开枕，即可以早睡，也可以外出至十一点，第二天一早还能以“没睡好”为理由多睡一会儿。老师此时也早已出寺去了。

一过六点半，天就有点黑了，还刮起了风。我在等入夜的钟声。时至八点，中门左侧黄钟调的大钟以高亢明亮的音色，余韵缭绕地奏响了入夜十八声钟鸣。

金阁的漱清旁有一帘小小的瀑布，将莲沼的水引向镜湖池，瀑布口被半圆形的木栅栏围住。这一带就有丛生的燕子花，最近数日花开得分外美丽。

我走近时，燕子花丛正因夜风而纷扰不安。紫色的花瓣高悬着，在静谧的水流声中瑟瑟抖动。夜色很浓，无论是紫色的花还是深绿色的枝叶看上去都是黑色的。我打算摘下两三朵燕子花，然而花与枝叶随着风势逃离我的掌心，其中一片叶子还割伤了我的手。

当我捧着木贼草和燕子花去找柏木时，他正躺在床上看书。我担心碰到房东女儿，还好她似乎外出了。

这次小小的偷盗使我愉悦。自从与柏木发生联结，我总需要去面对一些小小的违背道德、小小的亵渎神明和小小的使坏作恶，它们经常使我愉悦，只是我不知道当恶的分量逐渐加重时，愉悦的分量是否也会随之无限增长。

柏木十分欣喜地收下我的礼物，随后就去找房东老婆借花盘和盛水盆了。柏木的房东家是平房，他租住在四叠半大的偏房里。

我站在门口，见他的尺八就挂在旁边，便拿起放到嘴边吹起了一首小小的练习曲。这次吹得很不错，让回来的柏木惊讶不已。但今夜的他不是当时去金阁的那个他。

“你吹起尺八来倒是一点也不结巴嘛。我是想听结巴的曲子才教你吹尺八的。”

这一句话使我们回到初见时的地位。他重回自己的位置，而这也使我得以轻松地向他打听起那位西班牙建筑风格宅邸里的小姐。

“哦，你说那个女人啊，早结婚了。”他简洁地回答，“我手把手教了她好久怎样才不被看穿已非处女。那新郎傻里傻气，所以他俩进展得好像还挺顺利。”

说话的同时他拿起一朵朵浸着水的燕子花仔细打量一番，随后把剪刀伸进水里将茎剪断，手里的燕子花在榻榻米上的影子随之大幅摆动。他忽然继续开口说道：“《临济录》的‘示众’章里有名的那一句你知不知道？‘逢佛杀佛，逢祖杀祖……’”

“逢罗汉杀罗汉，逢父母杀父母，逢亲眷杀亲眷，始得解脱。”

“没错，就是那句。那个女人就是罗汉。”

“那你解脱了吗？”

“哼。”柏木拿着修剪好的燕子花边观察边说，“想解脱，我杀得还不够狠。”

花盘内侧涂有银漆，装水后晶莹清澈。柏木开始细致地修复起剑山[①] 弯曲的部分。

---

①插花用的针盘，用于固定花枝的基本用具。

我无事可做，只得继续说话："你知道南泉斩猫这公案吧。战争结束时，老师召集众人讲了这么一段……"

"南泉斩猫啊。"柏木看了木贼草的长短后放到花盘里比画着，同时应道，"那个公案将在人的一生里多次出现，每次都形态各异。那公案可叫人不舒服。同一公案在人生的不同转折点展现出的姿态和意义都不尽相同。南泉禅师斩的那只猫绝不寻常，那猫可是极美的，你知不知道？美得难以言喻。目放金光，毛如绢丝，世间所有的安乐和美都如同弹簧般被塞在那小巧柔软的身体里。大部分人注解时都未提及它集聚了天下之美，除了我之外。那只猫突然钻出草丛，双目闪烁着狡黠的光芒为人所捕，简直就像故意的。这也成为两堂冲突的矛盾根源。为什么呢？因为美可以委身于任何人，却从不属于任何人。所谓美……唔，该怎么说呢，就如同虫牙一般。虫牙接触舌头，显得格格不入，引发疼痛，以此宣告自身的存在。于是你终于忍无可忍，找牙医帮忙拔掉。当人们将那一小颗血淋淋、脏兮兮的茶褐色牙齿放在自己掌心观察时，不都这样讲吗：'就这个？就这么个东西？这使我痛苦、让我无时无刻不想着它、为它所烦恼、在我的内部牢牢扎根的东西，如今只不过是个死物。可当初的它和眼前的它真的是同一个东西吗？若它本就存在于我的外部，到底为何出于某种因缘与我的内部联结，成为我痛苦的根源了呢？这东西存在的依据是什么呢？这依据在我的内部，还是在它自己体内？那些都不管了，从我身上拔取下来放在掌心的这东西，绝对是别的东西，一定不是那东西。’你明白了吧，美就是这样一种东西。斩猫就好比拔去虫牙，将美剔除，但这是否能成为最终的解决办法就不得而知了，因为美不会断根。即便猫死了，或许猫的美却不会死。为了讽刺这一解决方式简单粗暴，赵州才将草鞋顶在了头上。可以说他知道除了忍受虫牙的痛苦之外，这事再无其他化解之法。”

柏木的解释实在太有自己的风格，我觉得这一定是故意炫耀，他看穿了我的内心，讽刺着我的优柔寡断。我第一次真正畏惧柏木。我害怕沉默，于是继续追问：“那你属于哪一方？南泉禅师，还是赵州？”

“嗯……哪一方呢？如今我是南泉而你是赵州，可或许有一天，你将成为南泉而我将成为赵州。这公案就如猫眼一般，是会变的。”

说话时，柏木的手微微动了动，将已生锈的剑山摆在花盘中，继而将修长的木贼草插在上面，再添上搭配了三片叶子的燕子花，逐步完善着盛水插花的构造。洁净的白色、褐色小砂石被反复洗过，堆在花盘边等待着用作装点。

不得不说他的手法堪称完美。一个个小小的决断接连做出，对比和均衡的效果恰当地集中起来，自然的植物遵循着特定的旋律被纳入人为的秩序中。自然原始的花和叶立时变为它们该有的模样，木贼草和燕子花仿佛不再是各自科属中一株株无名的植物，而是极为简洁直接地展示出了可称作木贼草的本质和燕子花的本质的一面。

他的手法里还有残酷。面对植物，他表现出了某种不快的、带有阴暗特权的姿态。每当似有似无的剪刀声响起，花茎被切断时，我仿佛就会见到血滴。

盛水插花的作品完成了。在花盘的右侧，木贼草的直线和燕子花叶清爽的曲线相交，一朵花盛开，另两朵是饱满欲裂的花蕾。这盘插花几乎占满了不大的壁龛，花盘中水影安宁，掩饰了剑山的砂石子散发出浓厚而清澈的水边风情。

“真是好。在哪里学的？”我问道。

“跟附近一个插花老师学的，她应该很快就到这里了。我与她交往的同时学习插花，学到能像现在这样独自完成作品，已经厌倦了。那老师还很年轻漂亮呢，听说打仗时她曾跟军人搞到一起，怀了孩子却是死胎，军人也战死了，她后来就不停找男人厮混。她有点小钱，教人插花好像也纯粹为了玩乐。要不今晚你带她去别处玩玩？她应该哪儿都会去。”

向我奔涌而来的感动在此时是错乱的。从南禅寺山门上远望那个人时，鹤川还在我身旁，三年后的今天那个人又出现在我面前，却是通过柏木的眼。那个人的悲剧曾被明亮而神秘的眼睛观察，如今又被不相信一切的黑暗的眼睛窥视。而且可以确定，当时雪白如皓月般遥远的乳房早被柏木的手触碰过，当时那华美振袖遮掩的膝盖也早被柏木的内翻足触碰过了。可以确定那个人早已被柏木，或者说被柏木的认知玷污了。

这一想法使我十分懊恼，甚至不愿继续待下去了，但好奇心阻止了我。那个人甚至曾被我认为是有为子转世，如今成了一个被她的残疾学生所抛弃的女人。我已等不及想见她现身了。不觉间，我竟支持起柏木，产生一种错觉，沉浸在亲手玷污自己记忆的愉悦之中。

那个女人来了，我心里却无任何起伏。现在我仍然清楚地记得她那深沉沙哑的声音、优雅的举止和富有教养的措辞。但她的目光中闪烁着戾气，顾忌我的同时对柏木满怀怨艾……直到这时我才终于明白柏木今夜找我来的真正目的，他打算拿我当成防御的壁垒。

女人同我的幻想已无丝毫关联。对她的印象止于一个初次见面、完全不同的个体。优雅的措辞逐渐失了方寸，女人也对我视而不见了。

女人似乎终于无法忍受自身的可悲，打算暂时放弃试图让柏木回心转意的努力。她突然佯装冷静，打量着这间狭小的出租屋。女人进房间已有三十分钟，这才看见壁龛里的插花。

“真是个好作品。插得真好。”

柏木一直在等这句话，立即借机给了她致命的一击。“不错吧？正如你所见，我已经没什么可向你学的了。我不需要你了，真的。”

女人因为柏木这句狠话而变了脸色，我看到后将视线移到别处。女人笑了笑，保持着端正的跪姿，膝行到壁龛前喊道：“这算什么花！这些，都是什么东西！”

水花飞溅，木贼草倒了，盛开的燕子花被撕裂，我犯戒偷来的花草一片狼藉。我不禁起身，却又不知如何是好，只得背靠玻璃窗呆站着。我看见柏木抓着女人纤细的手腕，接着揪起她的头发扇耳光。柏木这一连串暴行正如插花前修剪枝叶时沉静的残忍，像是它们的延续。

女人双手捂脸跑向屋外。

柏木抬头看看呆站着的我，表情有些异样，露出如孩子般的笑容，开口说道：“快，追上去吧，安慰她吧。快！”

不知是被柏木言语中的威力震慑，还是心中本就同情那女人，我自己也搞不清楚。总之我闻声马上迈步追了出去，在离出租屋两三个路口处追上了她。

那是乌丸车库背后，板仓町的一角。电车进入车库时的轰鸣在阴云密布的夜空下回响，只留下电弧淡紫色的光芒。女人在板仓町往东折上一条小道，边走边哭，我默默尾随在斜后方。她很快发现了我，转而走在我身边。她的声音因哭泣而越发嘶哑，却仍旧保持着过分优雅的措辞，不断控诉着柏木的恶行。

天知道我们究竟走了多久！

柏木的恶行在我耳边连绵不绝地回响，一桩桩恶与卑劣的行径，一切在我听来都是一个词——人生。他的残忍、处心积虑、背叛、冷酷，他从女人身上敛财的手段，一切在我听来都只是在解释他身上那种难以言喻的魅力。我只要相信他对自身内翻足的坦诚就好。

鹤川无故丧命之后，一直与生毫无交集的我终于接触到另一种并非薄命的、更为阴暗的生，作为代价，只要它还存在就要无止境地伤害他人，我终于接触到了这样一种生的律动并受到了鼓舞。“杀得还不够狠”——那句简洁的话再次响起，撞击着我的耳朵。在我心中被唤醒的，是战争结束时我在不动山顶面对着京都市区的点点灯火所许的愿，我当时大概是这样祈祷的：“在我内心包裹着它们的黑暗，要如同包裹了无数灯火的暗夜一样漆黑！”

这女人并非径直朝家走去，为了方便聊天，她净挑小路漫无目的地走着。几经周折终于来到她独居的屋前，我已经分不清这是位于何处的街角。

已过了十点半，我打算告辞回寺，她执意挽留，要我进屋。她先进屋开灯，然后忽然说了这样一句话：“你有没有诅咒过别人，在心里希望那个人赶紧死了才好？”

“有。”我立即回答。无疑我希望那个曾经见证了我耻辱一刻的房东女儿死掉，但奇怪的是，在被问之前我竟都忘记了。

“真是可怕。不过我也是。”

女人放松下来，斜卧在榻榻米上。屋里的灯大概有一百瓦，现在到处限电，这亮度倒是少见，比柏木的住处至少亮了三倍有余。女人的身体第一次被如此美艳地照亮，博多白绢在腰间扎成一个名古屋结，白净鲜明，友禅和服上隐现着兰花藤般的紫色。

从南禅寺的山门到天授庵的茶室，其间距离只有飞鸟可达，我觉得自己仿佛花了这些年的时间将其逐渐缩短，如今终可到达彼岸。从那时起的每一分每一秒，无疑我都在向着天授庵神秘情景背后的意义逐步靠近。我觉得一定是这样。女人已无可避免地发生了改变，就好像遥远的星光到达地面时，世间早已物是人非。若当初在南禅寺山门上看到她时我便与其结下今日之缘，那么只需要些微的修正即可让一切变迁回归本原，当时的我与当时的她仍旧可以在今日再相见。

所以我开口了，剧烈地喘息着、结巴着开口了。当初的新叶再次泛绿，五凤楼天井壁画上的仙人与凤凰也随之苏醒。女人的面颊明显泛起红晕，眼神里闪烁的光由暴戾化为了迷茫、不知所措。

“是那样吗？真的是那样吗？这可真是奇缘！奇缘就该是这样。”

此时她的眼里满是兴奋且欣喜的泪。她忘却了不久前的屈辱，一头扎进回忆里，兴奋随后转为亢奋，几乎要为之发狂，兰花藤的长袖乱作一团。

“乳汁早已经没有了。唉，可怜的孩子！虽然没有乳汁，我还要像当初那样做给你看。因为那时候他是爱我的，如今我就把你当作他吧。一想到他，我就没什么好害羞的。我真的要像那样做给你看。”

女人好似下了决心般说道。她接下来的行为看上去像是出于极度的狂喜，又像是出于极度的绝望。或许她的意识之上只有狂喜，但促成她那极端行为的真正力量却是柏木带给她的绝望，或者是来自绝望那浓浓的余味。

她随即在我面前宽衣，我看见层层衣带伴随着绸缎特有的摩擦声被逐一解开。女人的衣领敞开了。女人将手伸入白皙胸脯若隐若现之处将乳房拽出，呈现在我面前。

我不想说谎，我感到一阵眩晕。我凝视着它，仔细地凝视着它，然而我只能作为一个见证人。当初从山门的阁楼之上所见的遥远而神秘的一抹雪白，并非眼前这具有一定质量的肉团。当初的印象经过太久的发酵，使得如今眼前的乳房只能是一团血肉、一种物质，并且这血肉并非在控诉着什么或者诱惑着什么。这就是它的存在本身无趣的证据，从生的整体中被剔除出来，只不过是一个单纯被呈现在外的物体。

我仍试图说谎。没错，我确实处于眩晕中。我的观察是那样细致，乳房超越了女性的乳房这一本质，逐渐化为无意义的碎片，这一系列过程都被我看在眼里。

不可思议的事才刚开始。即使过程是干涩苦楚的，最终它竟在我眼里呈现出了一种美。徒劳和麻木——这些美的性质被赋予给它，乳房虽在我眼前，却缓缓融入了它自身的原理之中，就像蔷薇融入蔷薇的原理中一样。

美于我总是姗姗来迟，比任何人都迟，远远晚于别人同时发现美和感官刺激的时机。乳房逐渐找回了它和整件事的关联，超越了肉身，成为麻木和不朽之物，成为连接永恒之物。

请各位理解我试图讲述的内容。金阁再次出现了，不如说是乳房化身为金阁。

我想起了初秋值班时那个台风的夜晚。月光皎洁，夜晚的金阁里、木格子的内侧、木板门的内侧、金箔斑驳脱落的天井下方却仍旧沉淀着奢华的黑暗。那是当然，因为金阁正是被精心构建出的虚无。眼前的乳房亦是如此，外在皮肉散发的色泽再光鲜，内里也一样塞满黑暗。二者本质相同，都是厚重而奢华的黑暗。

我绝没有沉迷于认知。认知反倒是被蹂躏、被践踏、被侮辱了。生和欲望更不用说！然而深深的惆怅恍惚总挥之不去，我浑身僵硬，和那只暴露的乳房相对而坐。

…………

就这样，女人收回乳房时，我再次遇上冷淡到极致的鄙夷目光。我起身告辞。女人送我至门口，然后关门。我身后传来巨大的声响。

回到寺里之前，我一直沉浸在恍惚之中。金阁和乳房在我心中反复更替，我的内心充满了柔弱无力的幸福之感。

当我走到因风吹而嘈杂不已的漆黑松林的那一头，看到鹿苑寺的大门时，心才渐渐冷却，无力的感觉占据上风，沉醉的心情化为厌恶，对眼前的一切充满莫名的憎恨。

“我又一次被排除在人生之外！”我自言自语道，“又一次！金阁为何试图保护我呢？我并未恳求，为何它总试图将我与人生隔开呢？对，或许金阁从地狱中拯救了我。就这样，金阁使我成为比堕入地狱者更为罪恶的、‘比任何人都通晓来自地狱的信息之人’。”

寺门在漆黑中静谧依旧。侧门处透出星星点点的微光，这光直到清晨敲钟时才会熄灭。我推开侧门，伴随着挂着坠子的陈旧铁锁发出的声响，门开了。

看门僧已经睡了。门后贴着鹿苑寺的规定：晚上十点之后回寺的人负责锁门。我又看看名牌，还未翻回原样的有两个：一个是老师的，一个是年长的园丁的。

走了不一会儿，我看到右手边一块正施工的工地，几根长达五米多的木材摆在那里，在夜晚仍发出白亮的色泽。走近些看，拉锯的木屑散落一地，仿佛铺了一层小小的黄花，在黑暗中飘荡着浓郁的木香。我本打算从工地角落的水井边进厨房，但就此折返。

入睡前我必须再见一次金阁。我将寂静中安眠的鹿苑寺本堂抛在身后，绕过唐门，走上通往金阁的路。

已经能望见金阁了。它被树丛的细碎声响环绕，在夜色中纹丝不动，但一定伫立着没有入睡，宛如夜晚的守卫者。对了，我从未见到过金阁像寺院那样安静地入睡。这无人居住的建筑已将睡眠遗忘，栖息其中的黑暗完全脱离了人类的法则。

我面向金阁，有生以来第一次以近乎诅咒的语气大喊："总有一天我要控制你，不让你再来坏我好事，总有一天我一定会让你属于我！"

声音在深夜的静池湖面上空虚地回响。

# 第七章

总的来说，我的所有经历中都有一种巧合，就好像一条贴满镜面的长廊，一个影像无限向内延伸，过往事物的影子清晰地投射在初见的事物之上，在不知不觉中，这种近似将我引向长廊深处，让我觉得自己好像踏入了无尽的深渊。所谓命运，我们并非突然与它相遇。若一个男人命中注定会被处以死刑，那么就连他平日经过的道路、电线杆或者铁路道口上都会无止境地映出刑架的幻象，而他也一定早已熟悉了那些幻象。

所以我的经历中有某种一直在重复堆叠的东西，它们还没有达到可以形成地基、堆山成岭的厚度。除了金阁，我对任何事物都无亲近感，就连自己的过往经历也不例外。但我能感到在这些经历当中，仍有一些未被黑暗的时间之海吞噬的部分、一些未陷入无意义的循环往复的部分，由这些细节连缀而成的某种不祥的禁忌之画正一点一滴地完善其形状。

这些细小的部分都是何物呢？我时常思考。这些闪烁着光芒、七零八落的残片甚至比路边折射着光亮的啤酒瓶碎片还缺乏意义，缺乏规则。

我无法将这些残片看作某种曾经完美的形态在分崩离析后留下的碎片，因为即便它们在无意义之中，在无规则之下，粗糙而拙劣的形态被世界舍弃，但看上去仍然对各自的未来心存幻想。区区一堆碎片，竟毫无畏惧地、诡异地、沉静地对未来……对绝不会痊愈或恢复的、无人触及的、前所未有的未来心存幻想！

这番不甚明了的自省还赋予我一种抒情式的亢奋，即便我觉得它与我并不相称。这种时候若碰巧月色姣好，我就带上尺八去金阁边吹奏。如今就算没有谱子，我也可以吹出当初柏木吹的那首《御所车》了。

音乐像一场梦，又像某种与梦相对的、真实的觉醒状态。于是我展开思考：音乐究竟属于哪一种呢？音乐有种力量，有时会使这两种相反的事物发生逆转，而我有时则摇身一变，化为自己吹奏的这首《御所车》。我的精神，它知晓化身为音乐的愉悦。和柏木不同，音乐对我来说是一种实实在在的慰藉。

尺八奏毕后我总会想，金阁面对我如此般的化身为何不苛责不阻拦，反而默认许可呢？相反当我试图化身为人生的幸福和快乐时，金阁又何曾容许过哪怕一次？瞬间斩断我的化身，使我回归我的本原，这不才是金阁的方式吗？为何金阁仅在音乐上容忍我的酩酊和忘我？

一想到这里，一想到这是来自金阁的宽容，音乐的魅力便一下子寡淡了。因为既然一切是建立在金阁默许的基础上，那么哪怕音乐看上去再与生相似，也只是赝品，是虚幻的生。即便我想化身为这样的生，这种化身也只能是昙花一现。

请各位莫要误会，我并非因为在女人和人生的道路上二度受挫便自暴自弃了。直到昭和二十三年末为止的那段时间，我有过很多次机会，也在柏木的指引下大胆尝试过，然而结果永远是相同的。

女人与我之间，人生与我之间总是伫立着金阁。每当我试图伸手去触碰，他们便立时化为灰烬，我的希望也随之化作沙漠。

我曾在厨房后的菜田里劳作间隙，见到蜜蜂飞落至小巧的黄色夏菊上。蜜蜂在遍野的阳光中扇动着金色的翅膀，从众多夏菊中挑选出一朵，在花前踌躇停留。

我试图以蜜蜂的眼睛去观察。菊花工整地铺展开毫无瑕疵的黄色花瓣，宛如缩小的金阁般美丽，如金阁般完整，但它们绝无化身为金阁的可能，只不过是夏日菊花的一瓣。没错，那只不过是实实在在的菊花，是一朵花，一种不含任何形而上的暗示的形态。它保持着存在应有的尺度，以此散发出几乎满溢的魅惑，成为最迎合蜜蜂欲望的模样。在无形的、飞翔的、流动的、律动的欲望面前，如此般藏身于被其视为对象的形态中悄无声息，这是怎样的一种神秘！形态势渐稀薄，几乎将被撕裂，细微而隐约地颤抖。这也是理所当然的，菊花最端庄的形态正是照着蜜蜂的欲望描画而成的，它的美本身就是面向预感而盛开的花瓣，眼下正是其形态在生之中绽放意义的瞬间。形态，是缺乏形态的生的模具，同时不具形态的生的飞跃则是这世间所有形态的模具。蜜蜂扎入花朵深处，满身花粉，沉醉于酩酊之中。我眼看着夏菊接纳了蜜蜂的融入，自己也仿佛变成一只穿着奢华的黄色盔甲、随时准备离开花茎展翅飞翔的蜜蜂，剧烈地摇晃着身躯。

我快因光明和正在光明之下发生的一切而眩晕了。我忽然想到，当我放弃以蜜蜂之眼而回到用自己的眼睛观察时，眺望着眼前情景的视线或许正好与金阁的视线重合。事情应该是这样的。就像我放弃蜜蜂的眼睛而回到自我一般，在生逼近我的刹那，我放弃了自我而选择了金阁的眼睛。这又恰巧是金阁出现在我与生之间的时候发生的事。

我回到了自我的眼睛。蜜蜂与夏菊只不过是“被安置”在茫然的物质世界中而已。蜜蜂的飞翔和花朵的摇曳，与微风的轻拂无甚差别。在这早已静止的冰冻世界里，一切都是对等的，尽情绽放魅惑的形态早已死亡绝迹。菊之所以美并非因为那种形态，只不过是因为我们茫然称呼其为菊，因为所谓的约定俗成。我并非蜜蜂，所以不会被菊花诱惑；我并非菊花，所以不会为蜜蜂所倾慕。我与所有形态和生的流动之间的那种亲和感早已消失。世界早在相对性中被舍弃，只剩时间还在流动。

当永恒而绝对的金阁出现时，我的眼将化为金阁的眼，世界也将发生相应的改变。在改变后的世界里，只有金阁维持了形态、占有了美，其余一切都化为尘埃。关于这些，我不想再赘言。自那娼妇踏入金阁的庭院，到鹤川突然死去，一个问题就一直在我心中徘徊——“即便如此，恶还是可能的吗？”

那是昭和二十四年的正月。

周六不用坐禅，我趁机去三番馆这种便宜的电影院看了场电影，回程时独自走在很久没走的新京极大街上。纷繁嘈杂中我看见一张熟悉的脸，就在我绞尽脑汁都想不起那是谁时，它已在人流的推搡下被挤到了我的身后。

那人头戴绅士帽，身穿面料高档的大衣，裹着围巾，身旁有一个身穿红褐色外套、一眼便能看出是艺妓的女人陪伴。男人面庞微胖，泛着桃红色，散发出在普通的中年绅士身上几乎难见的、如婴儿般的清爽，鼻骨偏长……这些正是老师的特征，如今全被隐藏在绅士帽之下。

我没有任何愧疚，相反倒是更害怕被老师发现，因为如此一来我便成了老师易装外出的目击者和证人，无言中与老师缔结相互信赖或猜忌的关系。刹那间我想逃避。

当时有一条黑狗混在正月夜晚的人群里。那条长毛黑狗看似早已习惯了人群，在女人华丽的外套间、在混杂着军大衣的人群脚边巧妙地穿梭前行，最终在我附近一家传承悠久的圣护院八桥点心店前停下，嗅着气味。我这才凭借店铺的灯光看见它的模样：一只眼瞎了，凝固在眼角的眼屎和血块如同玛瑙，另一只完好的眼睛则直勾勾地朝下盯着地面。背部不时痉挛，长毛也随之抽紧打结，一束束看上去很是显眼。

我不明白为何一条狗吸引了我的注意力。或许是因为同明亮而繁华的街道完全不同，狗暗自坚守的是另一个世界，我虽心生彷徨但还是为其所吸引。狗走过的是一个仅靠嗅觉的黑暗世界，它与人类的街道相重合。灯火、唱片的歌声、笑声反而遭到执拗的黑暗气息的威胁。因为基于气味的秩序更为实在，缠绕在阴湿的狗腿上的尿臊味和人类内脏和器官所散发出的微臭，它们确实有所关联。

当时很冷。新年已过，但有些用来装点的门松还未撤掉，两三个貌似黑市商贩的年轻人揪下松树枝叶一路走来。他们张开戴着崭新真皮手套的手掌攀比着。一个人手里只有几根松叶，而另一个人手上则留了完整的一小枝。黑市商贩们嬉笑着走过。

我开始不自觉地跟着那条狗。有时候以为跟丢了，它又再度出现。它拐进一条通往河原町的小径，我便也跟着走上了这条比新京极稍暗一些的铁轨旁的小道。狗的身影消失了。我站在原地左顾右盼，接着又走到路边试图寻找我。

就在这时，一辆锃亮的出租车停在了我眼前。车门被拉开，一名女子坐了进去。我不禁望向那里，跟在女人身后正打算上车的男子无意间注意到了我，站住不动了。

是老师。我不明白为何才与我擦肩而过的老师，同那女人转了一圈后居然又和我碰上。反正那就是老师。先上车的女人外套的红褐色我才见不久，还有印象。

这次我想躲也躲不掉了，但由于内心受到冲击，我说不出话来。就在这段无法发声的时间里，结结巴巴的音节还在嘴里翻滚。最终我露出了一个让自己都十分意外的表情，我竟朝老师笑了，这显然和当下的形势格格不入。

我无法解释这笑容，它仿佛来自外部的某处，被忽然贴到了我的嘴上。

老师见到我笑，脸色也变了。“混账东西！你还跟踪我？”老师怒叱道，用余光瞥了我一眼就上了车。

车门被重重地关上，出租车扬长而去。这时我才突然明白，方才在新京极偶遇时，老师就已经注意到我了。

次日，我等着被老师叫去训斥。那一定会成为我解释的机会。但是，和上次踢娼妇一事一样，第二天起老师再次以无言和放任的方式开始了拷问。

好巧不巧，母亲偏偏又在那时寄来了信，结束语还是老样子——盼望着我成为鹿苑寺主人的那一天。

“混账东西！你还跟踪我？”我反复回味着老师的训斥，越想越觉得不是滋味。一名真正富于诙谐、豪放磊落的禅僧，一定不会如此粗俗地责骂弟子，而会说出更为一针见血的话语。一切都无法挽回了，如今看来当时老师定是误会了我，以为我故意跟踪并因终于抓住了他的把柄而露出嘲笑的表情，于是他才狼狈不堪地以粗俗的方式宣泄了怒火。

那姑且不记，老师的无言再次令我每日的生活充满惶恐，他的存在成了巨大的压力，成了萦绕在我眼前挥之不去的飞蛾残影。以前被邀请参加法事时，老师会带一两名伺候起居的随行僧，这是老规矩了，原本副司必然同行，而如今讲求所谓的民主化，于是改为由副司、殿司、我和另外两个弟子轮流陪同。据说难相处的寮头在应征入伍后战死，于是他的工作落到了四十五岁的副司头上。鹤川死后，又补收了一名弟子。

彼时同属相国寺派的某历史悠久的寺院住持圆寂，老师受邀参加新任住持的入寺仪式，恰巧轮到我随行。老师并没有故意不让我去，因此我便默默期待往返途中或有解释机会。然而就在出发前夜，另一名新入寺的弟子也奉命一同前往，我对出行的期待也随之落空了大半。

熟悉五山文学的人肯定记得康安元年石室善玖入京都万寿寺时留下的入院禅语。那位新任住持抵达寺院时，从山门到佛殿、土地堂、师祖堂，最后至方丈室，一路上留下字字珠玑的禅语。

那位住持带着新上任的激越，遥指山门慨叹道："天域九重内，帝城万寿门。空手拔关键，赤脚上昆仑。"

开始焚香了，行的是向嗣法师谢恩的嗣法香。以前在禅宗不拘泥惯例、极力强调各自修为参悟的时代，并非老师决定弟子，反倒是弟子甄选老师。除最初授业的老师外，弟子还从各方老师处接受印可[1]，在嗣法香时以佛语的形式公布诚心愿承其法的老师名号。

眼见这隆重的焚香典礼，我心中生出疑惑：若我继承了鹿苑寺，如此般嗣香之时，是否要遵循惯例宣读老师的名号呢？或许我会打破七百年来的惯例，公布其他老师的名号。早春午后清冷的方丈室、弥漫四周的五种香的香气、三具足[2]深处闪烁的璎珞、本尊背后辉煌的光圈、严阵以待的僧侣身上袈裟的色彩……有朝一日我若在此焚烧嗣法之香——我开始幻想，新任住持的身姿在脑海中也被替换成了自己的。

待到那时，我将在早春凛冽空气的鼓舞下，以震惊世人的背叛去践踏那惯例。列席的众僧将惊讶得目瞪口呆，因愤怒而面色铁青。我不打算亲口说出老师的名号，而将说出另一个名字。另一个名字？可真正使我省悟的老师是谁呢？我真正的嗣法之师是谁呢？我有口难言。这另外的名字受了结巴的阻挠无

①师父对弟子的开悟予以证实并认可。

②供于佛前的香炉、花瓶、烛台的统称。

法轻易说出口。到时我一定会结巴，结巴着说出另外的名字，试图说出“美”，又试图说出“虚无”。于是满座哄笑，我则尴尬地呆立于一片笑声之中……

我的痴梦突然醒了。老师有要做的事，而我作为随行僧须在旁协助，这对列席的随行僧来说是莫大的荣誉。鹿苑寺住持还是当日来宾中的上首。所谓上首，是在嗣香结束后负责敲打一只名为白槌的槌子，以证明新任住持并非赝浮屠即假冒的大师。

老师开始吟诵：“法筵龙象众，当观第一义。”随即使劲敲了一下白槌。槌音在方丈室内回荡，再次让我切实感受到了老师手握的权力。

我无法忍受老师那不知将持续至何时的无言的放任。但凡我还有哪怕一丝人类的情感，就无法不在对方身上期待与之相应的情感，无论那是爱还是恨。

时刻观察老师的脸色成了我卑微的习惯，但从他的神色中我看不出任何特别的情感，那麻木的表情甚至连冷漠都不是。若麻木的表情代表了侮蔑，那么这侮蔑则并非针对我个人，而是针对某种更为普遍的事物，比如人性中共通的部分，或者各种抽象概念。

从那时候起，我开始刻意地想象老师那动物般的头颅形状和难看的肉体。我想象他排便时的姿势，甚至想象他与穿着红褐色外套的女人睡觉时的模样，想象他脸上的麻木缓和后满溢着快感的、说不上是微笑还是痛苦的表情。

老师光滑而柔软的肉身和同样光滑而柔软的女人的肉身相融，几乎无法分辨彼此；老师突出的肚子和女人饱满的腹部相互挤压……不可思议的是，无论我的想象如何驰骋，老师脸上的麻木表情都将立即转化为排便或性交时动物般的表情，其间的过程则一片空白，并没有日常琐碎的情感色彩如彩虹般黏合其中，有的只是一个又一个从极端到极端的转变。若要说过程中仅有的联系或者仅有的线索，就只有那一瞬间满是鄙夷的呵斥："混账东西！你还跟踪我？"

千番沉思，万般苦候，我最终陷入一个无法摆脱的欲求之中——我只想清晰地捕捉老师厌恶的表情。为达成目标，我想出一个看上去有些疯狂、孩子气、对我明显不利的点子，但我已无法控制自己，甚至没考虑到这样的歪门邪道只会加深老师对我的误解。

我去学校找到柏木，问他店铺的地址和名字。柏木没问缘由就告诉了我。我当日便去了那家店，查看了许多和明信片差不多大小的印有祇园名妓的照片。

女人们化过妆的脸一开始看上去大同小异，渐渐地细微的性格差异开始浮出表层，透过相同的白粉和胭脂构筑的假面展现出多彩的色调：阴郁或开朗，睿智、美貌或愚蠢，躁动或无比积极，幸福或不幸。我终于在其中找到了需要的那一张。店内过于明亮的灯泡使得相片纸的表面反光得厉害，我也险些因此看漏，相片到我手中后，光亮散去，穿红褐色外套女人的那张脸出现了。

“我要这个。”我对店里的人说道。

我何以如此大胆？这真是不可思议。自开始计划这一切起我就忽然变得积极，正好契合难以言喻的雀跃之情。其实应该想一个方法，趁老师不在时行事以确保无人知晓是何人所为，可慢慢地，昂扬的心情怂恿着我，竟使我选择了暴露行踪的危险方法。

往老师的房间送早报如今依然由我负责。三月乍暖还寒的清晨，我如往常般去大门口取报纸。我从怀中掏出那张祇园女人的相片，夹在了某页报纸里，心脏剧烈地跳动起来。

前院的环形车道中央，被草丛环绕的苏铁树沐浴着清晨的阳光，树干粗糙的表皮在旭日下更显出清晰的轮廓。左侧有一棵小巧的菩提树，四五只晚归的黄雀聚在枝头发出隐忍的鸣啼，如同佛珠在手中被揉搓的声响。此时竟还有黄雀出没令我感到意外，清晨的阳光照在枝头，鸟儿胸前的羽毛泛着极轻微的黄，那的确是黄雀。前院的白色沙石沉默不语。

我草草打扫完房间，走过偶有积水的走廊时还注意着不要弄湿脚。大书院老师房间的门紧闭着。天色尚早，糊在拉门上的白纸看上去颜色鲜明 。

我在走廊上屈膝跪下，像平时那样说道："给老师请安。"

老师应了。我拉开门进去，把简单折叠过的报纸放在桌子的一角。老师正低头读书，没有看我的眼睛。我退下，关上拉门，深深舒了口气，沿着走廊慢慢朝自己的房间走去。

从回到房间到去学校的这段时间里，我任由心跳越来越快。我还从来没如现在这般对什么事寄予过希望。我明明在期待老师的憎恨，心中幻想的却是人与人之间相互理解时戏剧性的热情洋溢之景。

或许老师会突然来到我的房间，宣布对我的宽恕。得到宽恕的我，或许可以生来首次接触到鹤川平日的生活，进而体会到他那无瑕而明朗的情感。我应该会和老师相互拥抱，然后感叹相互间的理解来得太晚。

如此短暂的时间里我为何深陷如此疯狂的幻想，我无法解释。冷静思考过后我才明白，我不但因为毫无意义的愚蠢行为激怒了老师、从住持继承名单中被除名、继而永远失去了成为金阁主人的机会，而且当时我就连自身对金阁永恒的执着也忘得一干二净。

我朝着大书院老师房间的方向竖起耳朵仔细聆听，却没听见任何动静。接下来我又等着老师狂暴的怒火、雷鸣般的咒骂降临，甚至幻想哪怕被殴打、被蹬踹直至流血，我都在所不惜。

可是大书院的方向寂静无声，没有一丁点响动。

那天早晨，到了要去上学的时间，我离开了鹿苑寺，内心精疲力竭、万念俱灰。去了学校听不进课，被老师点名回答问题时答非所问，惹得众人嘲笑。这时，我发现只有柏木正兴味索然地眺望窗外，他一定注意到了我内心的矛盾苦楚。

回寺后仍无任何变化。阴暗的寺中生活发霉般永恒地持续，今日和明日之间没有任何差异或隔阂。今天是每月两次讲解经典的日子之一，寺中所有人都要去老师的房间听讲，我深信他一定会借讲解《无门关》的机会在众人面前问罪与我，理由如下：今夜讲课时我将与老师相对而坐，我从中感受到一种应称之为男性勇气的东西，虽然这很不像我的作风。我还觉得，老师会相应地表现出男性的美德，撕裂伪善，向寺内众人坦白自身的劣迹，然后再指责我行径卑劣。

昏暗的灯光下，众人皆手持《无门关》的讲义聚在老师的房间。夜里很冷，只有老师身边摆了一个小火盆。我听见有人在吸鼻涕。老老少少的脸庞影影绰绰，所有人的表情里隐约透着难以言喻的倦怠。新入寺的弟子是一名白天在小学任职的老师，近视眼镜永远在那瘦弱的鼻梁上摇摇欲坠。

只有我能发自内心感到某种力量，至少我是这样认为的。老师翻开讲义扫视众人，我的视线一直追随着他的视线。我想让老师明白我绝没有逃避，然而他那双被饱满的皱纹包围的眼睛并未对我显出任何兴趣，视线扫过我，落到了旁边人的脸上。

开始讲课了。我一味地等待，等待话题突然转移到我身上。我竖起耳朵，老师高亢的声音持续地传来，他内心的声音我却总也听不到……

那一夜我无法入眠，一直在心中鄙夷老师，对他的伪善嗤之以鼻。然而悔恨却越发沉痛，不让我一直处于亢奋的情绪之中。对老师伪善的轻蔑以奇妙的比例同我内心的懦弱相结合，令我感觉既然明白了对手不值一提，哪怕心怀愧疚也不能算是我败北。我的内心正从那已攀登至顶的陡坡上急速冲下。

明天一早就去请罪吧，我想。待到早晨，我又想今日之内一定去请罪。老师的表情中依旧看不到任何变化。

那是狂风呼啸的一天。从学校回来后我无意间拉开桌子的抽屉，发现一个用白纸包裹着的东西，里边包着的正是那张照片，白纸上一个字都没写。

老师似乎想以这种方式来了结这件事。他没有完全置之不理，而是打算让我知道自己所做的一切皆是徒劳。这种奇妙的归还照片的方式一时间令我产生种种遐想。

老师一定也十分痛苦，我想。他定是在一番苦苦思索之后才想出这样的方式。现在他的确是恨我的。他恨的大概并非照片本身，而是身为老师，却为了区区一张照片而不得不在自己的寺内偷偷摸摸，躲开众人视线悄然穿过走廊，并且不得不闯入从未踏足过的弟子的房间，直至像在实施犯罪般打开抽屉。

无奈竟然要做出此等卑劣的事，这给了他十足的理由恨我。

想到这些，我的胸口突然迸发出莫名的喜悦，随后我又做了一些令人愉悦的工作。

我用剪刀将女人的照片细细剪碎，拿厚厚的书写纸包了两层，揉作一团后带到了金阁附近。

月下的金阁在呼啸的风中高耸着，保持着一如既往的阴郁的平衡。月光的照射使得根根细木柱化作琴弦，令金阁看上去像一种巨大怪异的乐器。这种情景随着月亮在空中高低不同的位置时隐时现，今夜便正是如此。但是琴绝不会奏响，风只是凄凉地从琴弦的缝隙间吹过。

我捡起脚边的小石头，塞入纸中结结实实地包好。那女人破碎的面部就这样被添上重物投进镜湖池中央。波纹舒缓地扩张着，不久便抵达站在湖畔旁的我的脚边。

这一年十一月我突然出走，全都是这些琐事堆积的结果。

事后回想起来，出走本身看似突兀，其实也经过了长久考量和踌躇，只不过我喜欢将它看作在突发的冲动驱使下所产生的行为。我的内在似乎欠缺根本性的冲动，所以我尤其偏爱模仿冲动。比如一个男人第二天要去给父亲扫墓，前一天晚上就开始计划，可当天出门后走到车站却突然改变计划去朋友家喝酒，这种情况下能说他只是纯粹冲动的男人吗？他突然转变心意，与他此前为扫墓做的准备相比，不是更有意识性的、对于自身意志的报复性行为吗？

我出走的直接动机是前一天老师终于以决然的口气告知我："我本打算将来让你继承衣钵，但现在我话说在前头，那种想法已经荡然无存了。"

虽然这个宣告我是第一次听到，但其实我自然早就预感到了并已有心理准备，它没有让我措手不及，更没有让我因此惊诧不已、狼狈不堪。但我仍然倾向于将出走的原因归结为被老师的这番话刺激而冲动为之。

通过照片一计确认了老师对我的憎恨后，我明显开始疏于学业。预科一年级考试，华语、历史各八十四分，总分七百四十八分，八十四人里排第二十四名，总课时四百六十四小时里缺课时间仅为十四小时。预科二年级考试，总分六百九十三分，名次降为七十七人里排第三十五名。我并没有闲钱去打发多余的时间，可第三学年开始后，我开始仅仅为了逃课时闲暇的欢愉而逃避学业，那是照片事件刚发生不久的事。

学校在第一学期结束时发出警告，老师训斥了我。成绩不好、旷课多当然是我被骂的理由之一，不过最让老师生气的是我怠慢了每学期仅有三天的接心[①]修行。学校的接心在暑假、寒假和春假开始前各有三天，进行方式和在专门的道场时一样。

①禅宗中指在规定的时间内不分昼夜集中心思坐禅修行。

这次训斥是一次难得的机会，老师特意将我叫去他的房间。我只是一个劲地点头，并未说话。我只在心底偷偷期待一件事，可老师并未说起照片的事，更久之前的娼妓事件也只字未提。

不过自那时起老师对我的态度就明显冷淡了。可以说那正是我想要的结果，是我希望见识的确证，某种意义上也是我的胜利，更何况为达成目的我所做的也只有偷懒而已。

三年级第一学期，我的旷课时间达到六十几个小时，这大约是我一年级的三个学期旷课时间总和的五倍之多。旷课的时候我既没有读书，也没钱去玩乐，除了偶尔同柏木交流之外，都是自己一个人无所事事。我就这样无所事事，沉默不语，以至于在大谷大学的记忆几乎等同于碌碌无为的记忆。这样的碌碌无为也是我个人的一种接心修行，而且我在这种状态中丝毫不会感到枯燥乏味。

我曾经坐在草地上好几个小时，静静观察蚂蚁搬运细碎的红土用以筑巢，并非是蚂蚁吸引了我的注意；我还长时间盯着学校后面工厂烟囱里淡淡的烟雾发过呆，并非是烟雾激发了我的兴趣……我觉得已经完全沉浸于所谓自我的存在当中。外界要么冰冷、要么火热。对了，该怎么说呢？外界似是某种斑驳或者纹理。我的内在和外界正缓慢地、没有规律地更替，四周无意义的风景映入眼帘，我也同样进入那些风景，而我未进入的部分则在一旁灿烂地闪耀。那些闪耀的部分，有时是工厂里的旗帜，有时是墙壁上可有可无的污渍，有时是被遗弃在草丛里的一只木屐。每一个瞬间、所有的一切，它们滋生于我的内在，同时又在此消亡。或者可以说，它们是永无定形的思想……重要的和琐碎的相互纠缠，我甚至觉得当天在报纸上读到的政治事件和眼前的一只木屐有着无法割舍的联系。

我还对着草叶尖的锐角久久思考过，说思考可能不太恰当。在我半死不活的精神之上，那些琐碎且匪夷所思的念头断然无法持久，但就是执拗地重复出现。为何这些草叶的尖端非得是如此尖利的锐角呢？若它们是钝角，是否草就不再是草，自然也不得不从这样一个角度开始崩溃呢？是否拿掉了自然当中一个极小的齿轮，就可以颠覆整个自然呢？我甚至出于嘲谑的心态，反复思考起各种方法来。

老师训斥过我这件事很快走漏了风声，寺里众人对我的态度日益险恶。那个曾嫉妒我读大学的弟子也开始带着胜利者的浅笑打量起我了。

夏天过去，秋天也结束了，我继续着几乎不与他人多费口舌的寺内生活。出走的前一天早晨，老师命令副司来叫我。

那是十一月九日。当时我正打算去学校，所以出现在老师面前时已身着学生制服。

见了我后，出于不得不与我交流所引起的不快，老师原本圆润的脸异乎寻常地僵硬、紧皱了起来。而我呢？老师看我如同像在看麻风病人一般，这给我以快感。这才是我渴望的、饱含人性的眼睛。

老师随即收回视线，双手在火炉上方揉搓着开口了。他掌心柔软的肉相互摩擦，声音虽轻微，但在初冬清晨的空气中，听起来清脆刺耳，他的肉与肉仿佛过于亲密了。

“你父亲九泉之下该有多伤心。你看看这信，学校又来严厉督促了。你自己好好想想，再这样下去该如何收场？”然后他便讲出了那句话，“我本打算将来让你继承衣钵，但现在我话说在前头，那种想法已经荡然无存了。”

沉默良久，我才开口道：“您是打算放弃我了吗？”

老师并未立刻回答，过了一会儿他说道：“你做出那些事，难道不应该被放弃吗？”

我没应声，片刻过后结巴着、忘我地说了一句不相干的话：“老、老师对我的事了、了如指掌，我对您的事也、也一清二楚。”

“一清二楚又怎么样？”他的目光黯淡下来，“毫无用处，也毫无益处。”

我从未见过如此对现世视而不见的人，我从未见过染指生活的种种——金钱、女人、所有的一切——同时还对现世如此侮蔑的人。我感到恶心，仿佛触碰到了一具尚有血色和余温的尸体。

我感到一种痛彻的冲动喷薄而出，想要暂时远离身边的一切。离开老师的房间后，我仍旧反复回味着这种越来越强烈的感觉。

我将一本佛教辞典和柏木送的尺八用布包好，和书包一起拎在手里，匆忙赶往学校，一路上想的净是出发启程的事。

走进校门，碰巧看到柏木正走在前面。我拽着他的胳膊将他拉到路边，求他借我三千块钱，还让他收下佛教辞典和赠送与我的尺八，权当补偿。

柏木每次诡辩时，脸上总有某种富含哲学意味的爽快，而此刻那种神情被悉数抹去了。他眯起眼睛看我，眼神中带着蒙眬。

“你还记得《哈姆雷特》剧中，雷欧提斯的父亲给他的那句忠告吗？‘不要向别人借钱，也不要借钱给别人。借出的钱不再复返，你还将失去一个朋友。’”

“我已经没有父亲了。”我说道，“不行就算了吧。”

“我还没说不行呢，咱们有话慢慢说。现在我手头所有的钱加起来还不知够不够三千块。”

我不由想起插花老师曾说起过柏木的手段，我甚至想当面拆穿他从女人身上榨取金钱的手段之娴熟，但还是选择作罢。

“先想办法处理辞典和尺八。”

柏木说完就转身朝校门走去，我也放缓脚步与他并肩同行。柏木提起曾名噪一时的“光俱乐部”，说那里的学生经理因金融犯罪被检举，自九月获释以来信誉一落千丈，如今已深陷泥潭。自今年春，这位光俱乐部的董事长就引起了柏木的强烈兴趣，常在我们的对话里被提及，当时我与柏木都坚信他是当下社会的强者，从未想过他竟会在两星期后自杀。

“你要钱做什么？”

被这样突然一问，我首先想到的是这质问实在不像柏木的作风。“想找个什么地方去旅游。”

“还回来吗？”

“应该吧……”

“你在逃避什么？”

“想逃避身边的一切。我身边的事物都散发出刺鼻的无能的气息，我想摆脱它们……老师也是无能的，十分无能。我终于明白了这一点。”

“连金阁也想逃避？”

“是，连金阁也想逃避。”

“金阁也是无能的吗？”

“金阁并非无能，金阁绝非无能，但它是一切无能的根源。”

“很像你会有的观点。”柏木的步伐一如既往地夸张，他十分愉悦地咂了咂嘴。

我跟着柏木走进一家寒酸的小古董店，卖掉了尺八，只得了四百块，随后在旧书店卖掉辞典也不过区区一百块而已。柏木让我跟他去他的住处，好借给我剩下的两千五百块。

到达后他道出了奇特的建议：尺八是我还他的，辞典是我送他的，所以两件物品理应归他所有，卖掉它们得来的五百块自然也是他柏木的钱，再加上这两千五百块，借我的钱也就成了三千块。直到归还为止，他每月要收一成利息。比起光俱乐部每月三成四的高利贷来说，这简直是近乎施舍的低利息……他取出纸笔砚台，将这些条件一字不落地写下，要求我在字据上摁手印。我讨厌考虑将来的事，想也没想就将拇指抹上印泥摁了下去。

我早已迫不及待了。怀揣着三千块钱走出柏木的出租屋，我乘电车至船岗公园下车，一路顺着通往建勋神社的蜿蜒小路疾步而上。我想去那里抽签，为接下来的旅途求得些许启示。

我沿着石头台阶往上爬，看见了右手边义照稻荷神社艳丽的朱红色大殿和铁丝网内的一对石狐。狐狸的嘴里含着卷轴，耳朵机警地竖着，耳朵内也被涂成了朱红色。

这是日光阴沉的一天，偶尔吹过的风中带着些许凉意。脚下石阶的颜色看似落了一层薄灰，其实是阳光穿过层层树影后微弱的颜色。那光照太过微弱，看上去竟像是脏兮兮的灰尘。

抵达建勋神社宽敞的前庭时，一鼓作气拾阶而上的我已开始冒汗。前方不远处有石阶通往参拜大殿，一片平坦的石板路在我面前铺展开来，左右两边低垂的松枝在这条参拜之路的上空蔓延交织。神社事务所位于右侧，木墙泛着古旧的色泽，门板上挂着写有“命运研究所”字样的木牌。事务所和参拜大殿之间，离大殿不远有一栋白色外墙的小仓库，四周稀稀拉拉地生长着一些杉树。空中的云朵色如蛋白，冷冰冰的，泛出沉痛的光泽四散飘零。云朵之下，放眼望去可见京都西郊的群山。

建勋神社里主要供奉的是织田信长，另外还供奉了其长子信忠。这是一座简洁朴素的神社，大殿四周的朱红色栏杆是唯一的色彩点缀。

我登上石阶，行完参拜礼后将功德箱旁架子上的六角形木盒拿在手中晃动起来。从木盒上的孔洞中摇出一根细竹签，签上只用黑墨写了一个数字——“十四”。

转身下石阶时，我不停念叨着：“十四……十四……”这个数字的发音似乎停滞在了舌尖，渐渐地带有了某种意义。

我回到事务所门前请人解签，一名中年妇女应声而出，此前她似乎一直在厨房洗涮。用解下的围裙使劲擦拭双手后，她面无表情地接过我按求签规定递上去的十块钱。

“几号？”

“十四号。”

“请在旁边的木廊处稍候。”

我于是坐在稍稍高于地面的木板长廊上等候。一想到命运将由那女人潮湿皲裂的手来决定，我就觉得荒谬无比，可转念一想，自己来这里正是为了一场荒谬的赌博，便也释然了。紧闭的拉门里传来抽屉铜环的碰撞声，听上去抽屉十分老旧且难拉，随后是翻动纸张的声音。不一会儿，拉门被拉开一条小缝。

“给您，请看吧。”女人说着塞过来一张薄薄的纸片，随即关上了拉门。她潮湿的手还在纸片一角留下了指印。

我接过来看了一眼，纸上写着：“第十四号 凶。”

“汝有此间者遂为八十神所灭 遭烧石茹矢之困难苦节 大国主命奉御祖神教示 退离此国寂然出逃之兆”——解签语几乎就是在强调诸事不顺、日暮途穷。我并不畏惧，随即往下找到各项运势中的“出行”一项。

它是这样写的：“出行——凶。尤以西北方最为凶险。”

我决定朝着西北方向踏上旅途。

开往敦贺的列车上午六时五十五分从京都站出发。寺内起床时间是五点半。十日清晨，我起床后立即换上了学生制服，这一举动并未令任何人讶异，所有人早已习惯了对我视而不见。

拂晓时分，众人在寺内各处忙于扫地或擦拭。扫除时间一直持续到六点半结束。

我在前庭扫地。我没带包，打算突然在众人面前失踪，就此踏上旅途。略微泛白的石子路上，动弹的只有我和扫帚。突然间扫帚倒地，我行踪不明，只留下黎明中白色的石子路，我幻想的出发必须如此。

我并未和金阁道别，也是出于这一打算。我必须让自己从包括金阁在内的周边环境中被突然夺走。我缓缓地朝山门方向扫去，松梢间可望见拂晓星辰。

我的心在狂跳。必须出发——这几个字简直振翅欲飞。我必须出发，离开我的环境，离开一直束缚着我的美的观念，离开我的坎坷不平，离开我的口吃，离开我存在的条件。

扫帚从手中跌落至拂晓昏暗的草丛，如同果实掉落般自然。我蹑手蹑脚地在树木的掩护下行至山门，一出山门就飞奔起来。第一班市内电车就快到了。我同几个工人模样的乘客一同上车，心情愉悦地沐浴着车内明亮的电灯光，仿佛自己从未置身于如此明亮的环境中。

关于那次旅途，我至今仍能回想起种种细节。那并非一场毫无目的地的出走。目的地早已决定，就是我初中毕业旅行时去过的地方。然而随着目的地逐渐接近，出发和解放的情绪愈来愈强烈，我甚至感觉眼前全是未知。

行程是通往我出生的故乡的、再熟悉不过的路线，我却从未如现在这般满怀新鲜和好奇地打量过眼前破旧发黑的火车。车站、汽笛甚至是清晨时分喇叭浑浊不清的回响，一切事物似乎都在反复表达同一种情感，在不断强调它，在刚清醒不久的我的眼前开始一次抒情的展望。朝阳切割了宽大的站台。奔走于其上的脚步声、木屐碰撞声、重复而单调地响个不停的警铃声、陈列在站内杂货车里蜜橘的色泽……眼前的一切事物仿佛都来自于我曾委身过的庞然大物的一次次暗示、一次次预言。

车站的每一个细节都被纠结在一起，呈现在别离和启程合而为一后的感情面前。眼前的站台无比昂扬、彬彬有礼地向着后方退去。我感觉到了：这毫无表情的混凝土平面，因为从它身上启程、告别、渐行渐远的人们而熠熠生辉。

我信任火车，这种说法挺怪异。尽管怪异，然而我正逐渐远离京都。为坚守这难以置信的现实，我只能这样说。身在鹿苑寺的夜晚，我不止一次听到花园附近的火车鸣响汽笛。毫无疑问，它曾不分昼夜地驶向我的远方，而如今我却身处其中，只能说这太不可思议。

火车沿着保津峡奔走，那一片湖蓝我曾和病重的父亲一同见过。爱宕连山和岚山以西，此处至圆部一带的地界，因为气流的影响气候恐怕和京都截然不同。十月、十一月和十二月里，晚上十点到早上十点，总会有雾气从保津川升起，将这片地方统统包裹。雾气连绵不绝地流动，鲜有半途而废的时候。

田野在朦胧中铺展开来，收割后的庄稼看起来像发了霉。田埂间稀疏的树木高低大小各不相同，修剪过的枝叶直达树顶，细弱的树干全都裹上了干草，这在当地被称为“蒸笼”，它们在雾中次第显现，仿佛树木幽灵。车窗边某个不经意的时刻，以视野几乎无法遍及的灰色田野为背景，一棵巨大鲜活的柳树深沉地低垂着枝叶出现了，在迷雾中轻轻摇摆。

从京都出发时曾那么昂扬的我的心，如今再次被引向了对死者的追忆。关于有为子、父亲和鹤川的记忆唤醒了我心里难以言喻的温情，我甚至怀疑自己只能去爱逝去的人。尽管如此，与生者相比，死者的形态是多么容易被爱！

并不拥挤的三等车厢里，难以被爱的生者们或大口地吸着香烟，或在剥橘子。邻座不知哪个公共团体的上了年纪的职员们正大声地讲着话，他们每个人都身着老旧古板的西装，其中一人的袖口还露出破了洞的衬里。我深深地确信了，无论年龄几番冲刷，平庸这东西也不会淡化丝毫。他们的脸如普通百姓般经受了日晒、生出了褶皱，配上酒气熏天的沙哑嗓音，显得平庸至极。

他们议论着人们都该给公共团体捐钱。一个相对寡言的秃顶老人插不上话，反复用仿佛洗过几万遍、早已泛黄的白色麻布手帕擦手。

“看这手黑乎乎的。不知不觉间就被煤烟熏黑了，真是没办法。”

另一个人接过他的话题。“你是不是还因为烟尘的事给报社写过信？”

“没有。”秃顶老人否认，“总之真是没办法。”

我漫不经心地听着他们闲聊。他们多次提及金阁寺与银阁寺。

必须让金阁寺和银阁寺多捐些——这是他们的一致意见。虽然银阁寺的收入只有金阁寺的一半，但也是一笔不小的金额了。金阁寺每年收入大概有五百多万，寺里的生活无非禅家日常，即便算上水电费一年顶多花销二十来万，余存的钱怎么办呢？寺里弟子们受着冷遇，住持却每晚独自去祇园大肆花销。而且这些收入还不用上税，简直就像在享受着治外法权。他们再三说道：“就得不留情面地让这种地方捐款。”

秃顶老人仍在拿手帕擦手，众人语毕后他说道："真是没办法。"

这句话也成了他们的一致结论。经过百般擦拭后，老人的手上已没有煤烟，散放着与生俱来的光泽。其实手被折腾成这副模样，还不如称之为手套更贴切。

很奇妙，这或许是我第一次听到俗世对我们的议论。我们身处一个满是僧侣的世界，连学校也在那世界中，寺院之间从不议论彼此。老职员议论的事情一点也不令我感到意外，那都是些心知肚明的事！我们一直受着不公的对待，住持总往祇园跑……不过被他们这样评价，还是令我感到一种说不出的厌恶。我无法接受被"他们的话语"理解。相比之下，"我的话语"则又是另一回事。希望各位记得，哪怕是在祇园目睹老师与艺妓并肩而行，也完全未使我陷入道德上的厌恶之中。

老职员的对话就这样在我心里泛着平庸的气息烟消云散，只留下了一丝厌恶。我的思想中从未指望过任何来自社会的支援，也没打算设下希冀被世间彻底理解的领域。就像我多次说过的那样，不被理解才是我存在的理由。

车厢门忽然被打开，一个胸前挂着大筐子、声音沙哑的售货员走了进来。我有些饿，没买米饭而买了一份似乎用海藻做的绿色的面条吃下了肚。雾气已经散去，天空没有光亮，丹波山下贫瘠的土地上开始出现一个个种植着楮树的造纸作坊。

舞鹤湾——不知道为什么，这个名字一如既往地扰动了我的心。从在志乐村度过的少年时期开始，它就是看不见的海的总称，最终成为海的预感本身。

那看不见的海，从耸立在志乐村背后的青叶山山顶上倒是可以一览无余。我曾两次登上青叶山，第二次登顶时，我们还碰巧见到了停驻在舞鹤军港内的联合舰队。

舰队停泊在波光粼粼的港湾里，那或许是一次秘密的集结。关于那支舰队的一切全属于机密，几乎令人怀疑它是否真的存在。当时那支被远远望着的舰队仿佛一群黑色的水鸟，并不知道正被人观察，它们带着只存在于照片中的威严，在威猛的老鸟戒备下悄悄地戏水玩乐。

“下面停靠西舞鹤——”列车员的报站声使我回过神来。手忙脚乱地扛着行李的水兵此时已不在了，起身准备下车的除我之外只有两三个看起来像做黑市买卖的男子。

一切都变了。那里仿佛被英语写成的交通标志挟持了一般，每一个角落似乎都成了异域的港口集市。许多美国士兵置身其中乐此不疲。

初冬阴沉的天空下，冰冷的微风带着咸味吹过宽阔的军用道路，比起海的气味，那更像某种无机的、铁锈般的气味。狭隘的海如运河般深入到城镇中心，死寂的水面上，一艘小型美国舰艇紧靠在岸边。这里确实有了和平，然而过于严苛的卫生管理夺去了曾经军港中嘈杂的肉体活力，整片街道宛如医院。

我没想过在此与大海亲切地相逢。身后驶过一辆吉普车，似乎半开玩笑地要将我撞进海里。如今回想起来，我踏上旅途的冲动里就有着来自大海的暗示。那并非眼前这人工港口的海，而是与幼时故乡、成生半岛相接的那种鲜活而狂乱的海，是外表粗糙、永远带着怒意、日本背后的那片暴躁的海。

所以我才打算去由良。夏季那里的沙滩上有很多准备下海戏水的人，熙熙攘攘，但现在这个季节必然荒凉冷清，只有陆地与海散发着阴郁的气息在暗中较劲。我的双脚隐约记得，从西舞鹤通往由良有十几公里的路。

道路从舞鹤市开始沿着海岸向西延伸，与宫津线呈九十度相交，最后穿过泷尻岭通往由良川。过大川桥后顺着由良川西岸一路北上，顺着河流的方向即可到达河口。

我离开街道上路……

走得累时，我曾这样自问："由良有什么？我如此步履匆匆，究竟为了寻求怎样的确证？那里不就是有一片日本内海和一个无人的沙滩吗？"

但我的脚步并未有过迟疑。无论通向何方，无论那是何处，我一定要抵达。我要去往的地方，其名字毫无意义。无论等待我的是什么，我已有了直面的勇气，那几乎是一种不道德的勇气。

微薄的日光不时照下，透过路边高大的榉树枝叶撒下细碎的落阳。榉树邀我前往，但不知为何，我总觉得在荏苒岁月中虚度了光阴的自己此时无暇去松懈。

这里没有缓缓延伸至河川广阔流域的宁静风景，由良川忽然间向着山岭间的道路展现出身姿。河水碧蓝，跨度宽阔，水流在阴沉的天空下泛着慵懒，缓缓流淌，仿佛极不情愿地被扯向了大海。

行至河西，车辆和往来的行人已无踪迹。路旁不时有种着夏橙的园地，但也没有人影。附近一处名为和江的小村落的草丛中偶尔传来细微的声响，唯一现身的却是一条鼻头长着黑毛的狗。

我早知道这附近有一处名胜，那便是出身并不怎么光彩的山椒太夫的故居。我本没打算去，不知不觉间竟真就走过了。我的视线一直望向河川，河中央有一座被大片竹林环绕的河中岛。周围无风，岛上的竹林却被压弯了身子。岛上有大约两三亩靠雨水耕种的田地，看不见农夫，水边有一个垂钓者的背影。

这许久未见的人影令我倍感亲切。

不知是否在钓鲻鱼？若是鲻鱼，那河口应该距我不远了。

这时候竹林里起伏不停的沙沙声已盖过了水流声，四周升起雾气，像是在下雨。雨滴浸染了岛屿周边干涸的河滩。思绪未定间，已有雨滴落到了头顶。被雨水打湿的我再看岛上的天空，那里已经不下雨了，垂钓者还保持着方才的姿势纹丝未动。

顷刻间我头顶上的一阵急雨也散去了。

每次经过转角，视野里尽是芒草和秋草，不过不久应该就能见到河流入海口了，因为冰冷的海风已经扑上了鼻尖。

由良川的尽头近了，一路上又出现了几个略显荒寂的河中岛。河水离入海口越来越近，海风呼啸下的水面却越发沉静，不见任何异动征兆，犹如一个神志昏迷的垂死之人。

河流的入海口出乎意料地狭窄，与之相融相交的海面被堆积在空中的暗沉云朵纠缠，只得茫然地延展开来。

我若想触及并感知那海，只能迎着掠过荒野和田地的狂风再前行些许。风在北方的海面上毫无顾忌地肆意周旋。如此苛刻的风，竟被这样浪费在渺无人烟的荒野之上，这全是因为海。它其实就是笼罩在此地严冬之上的气体之海，是命令性的、统治性的、看不见的海。

堆叠在河口前方的海浪缓缓推进，展示出灰色海面的宽广。河口正面，形如圆顶硬礼帽的岛屿显现出了身姿，那是距离河口三十多公里的冠岛，是被保护动物大水薙鸟的栖息地。

我踏入一处田地，环顾四周一片荒芜。

那一刻我内心闪过某种思想，但它刚一冒头就没了行迹，也失去了意义。我决定稍稍驻足停留，但扑面的冷风夺走了我的思想。我再次顶风逆行。

贫瘠的田地后是混着大量石子的荒地，野草在此枯了近半，仍泛着绿的都是寄生于土地之上的如同苔藓般的杂草，叶片干枯，支离破碎。这里的土壤中已经开始夹杂着沙砾了。

一个低沉而颤抖的声音传来。我听见了人的声音。就在我背对狂风不经意地仰望身后的由良山时，我听见有人在说话。

我试图寻找声音的主人。沿着低矮的山崖往下，有一条通往海边的小路，为了抵御猛烈的海水侵蚀，那里正在修筑防御工事，堤岸工程做得十分细致。水泥柱子四散在各处，沙石上新置的水泥色泽泛着别样的生机。低沉而颤抖的声音来自于水泥搅拌器，它使浇筑进模具的水泥震动。四五个鼻头通红的建筑工人诧异地打量着身着学生服的我。

我回敬他们以一瞥。人与人之间的招呼就这样了结。

海岸从沙滩开始如碗口般急剧下陷。踩着花岗岩沙石朝向海浪行走的途中，我分明再次感到了喜悦，朝着刚才一闪而过的思想更近了一步。狂风冰冷，没戴手套的双手冻僵了，但这并不算什么。

这正是日本背后的那片海！我一切不幸和阴暗思想的源泉，我一切丑恶力量的源泉。海是暴躁的，海浪前赴后继，波涛与波涛之间可见平滑的灰色深渊。阴暗的海湾上空层叠的云朵细腻而厚重，它们漫无边际，一层层厚重地积累，又好似由无比轻盈且冰冷的羽毛镶上了边，将那一点隐约透着浅蓝的天空围在中央。铅灰色的海将探入其中的黑紫色海角群山牢牢控制。眼前的一切都内含了动摇与不动的对峙，永恒流淌的阴郁之力和汇聚凝结如矿物般的感觉。

我忽然想起第一次见柏木时他对我说过的一句话——春光和美的午后，在修剪整齐的草坪上痴望枝叶间戏谑穿梭的阳光的时候，我们才会忽然间变得暴虐凶残。

此刻的我正面朝海浪，面朝呼啸的北风。这里既无春光和美的午后，也无修剪整齐的草坪，然而这荒凉的自然比春日午后的草地更讨我的欢心，更与我的存在保持着亲密。在这里我自由自在，在这里我不受任何威胁。

心中突如其来的思绪是柏木所说的暴虐凶残的思绪吗？这思绪突然出现，并在我心中启示着某种闪亮的意义，明晃晃地照射着我的内在。我还没有更深入地思考它，只是任由那闪光击中我，任由那思绪鞭笞我。然而，这种迄今为止从未有过的思绪自产生之时起便迅速地积累了力量，膨胀了体积，最后反倒是我被它吞噬了。这思绪可以如此阐述：

一定要烧掉金阁。

# 第八章

我继续走，一直走到了宫津线的丹后由良站。当初东舞鹤中学的毕业旅行也是同样的路线，从这一站开始的归途。车站前的马路上行人寥寥无几，众所周知，此地全靠夏季短暂的观光旺季维持生计。

车站附近有家小旅店，挂着“海水浴旅馆由良馆”的招牌，我决定投宿在此。我拉开镶着毛玻璃的前门打了声招呼，无人应答。玄关台阶板上积了厚厚的灰尘，窗户紧闭，店内一片昏暗，不像有人居住的样子。

绕至屋后，是小而简朴的庭院，几朵菊花已近枯萎。一座水槽被安置在稍高些的位置，为夏季游泳归来的旅客清洗泥沙而准备的淋浴喷头挂在水槽下方。

不远处还有座小屋，应该是旅馆主人及其家人的住所。紧闭的玻璃窗背后传出收音机的声音，那声音之高亢简直如恶作剧般夸张，反而令人无法相信里边有人了。最终我还是趁着收音机里声音中断的间隙，在散乱地摆放着几双木屐的门口打了声招呼，然后兴味索然地等候。

我感到背后有人影晃动。同时，略显阴沉的天空隐约渗出几缕日光，照亮了门口鞋柜的木质纹理。

一个白胖的女人正盯着我，她的身体轮廓仿佛融化了要满溢而出一般，细小的眼睛似有似无。我要求安排住宿，女人不发一言地转身便朝旅馆门口走，甚至都没示意让我跟上。

安排给我的是二楼一角的小房间，窗户正对着大海。女人端来了暖炉，孱弱的火光熏蒸了长久封闭在室内的空气，那股霉臭味更加难以忍受了。我打开窗户任由北风涤荡身体。海的那一边，云朵仍像刚才一样玩着舒缓而凝重的游戏，似乎并不在意外界的眼光，似乎也代表了自然界无所指向的冲动，从中总能找到蓝天的碎片，那是来自聪颖与理智的小小的蓝色结晶，而大海并不在其中。

我在窗边再次追忆起方才的那段思绪。我问自己：为何在企图烧毁金阁之前，没有先想到杀死老师呢？

弑师的念头并非一次都没有过，但我很快就意识到那毫无意义。因为我明白即便杀死了老师，那颗光头和那无力的恶还是会源源不断地从黑暗的地平线上涌现。凡有生者中，皆不如金阁般极端至独一无二。人类只不过是继承了各种自然属性中的一部分，以可再现的方式使其传播、繁殖而已。倘若杀人是为了毁灭对象属性中独一无二的部分，那么杀人将成为永恒的过失，这是我的看法。如此一来，金阁与人之间将形成越来越明确的对比：人极易消亡的形态反而产生了永生的幻象，而金阁不灭的美感里反而滋生了破灭的可能性。将人这种终有一死的生物斩草除根是不可能的，使金阁这种永恒不灭的存在消亡是可能的。为何人们意识不到这一点呢？我的独创性不该受到质疑。我若将明治三十年代被指定为国宝的金阁焚烧，那便是纯粹的破坏、无法挽回的破灭，人类所创造的美的总和无疑将会减少。

随着思考的推进，我甚至感到了某种戏谑的味道。“倘若烧掉金阁，”我自言自语道，“那将是多么富有教育价值的行为。它将使人们明白类推得来的不灭没有任何意义。他们将明白，单纯地持续五百五十年伫立在镜湖池畔无法成为任何保证。人们将感到不安，将明白自以为是地将生存置于其上的设想可能在明日就会瓦解。”

就是这样。我们的生存被持续在某段期间内的时间的凝固体包裹、保护。哪怕是木匠为家务之便而做的小抽屉，时间也将在光阴荏苒中凌驾于它的形态之上，数十年、数百年后，凝固成物件的形态。这一特定的狭小空间最初被物体占据，但终将被凝结的时间占据。那是朝某种灵物的转化。中世的御伽草子中名曰《付丧神记》一文的开篇曾这样写道：“阴阳杂记云，器物经百年得化精灵，诳人心，此曰付丧神。世俗据此而于每年立春前掷家中日久之器具于路边，名曰拂煤。如此则少一年而不足百年，不遇付丧神之灾难。”

我的行为定会使世人见识到付丧神的灾祸，并使他们从这场灾祸中得救。我的行为定会将有金阁存在的世界推往无金阁存在的世界，这必将令世界的意义焕然一新……

我越想越觉得快活。我所置身其中的眼前的世界，其没落和终结已非常近了。落日的余晖洒满大地，承载了璀璨金阁的世界如同指间流落的细沙一般，无时无刻不在崩塌。

我只在由良馆逗留了三日，因为我足不出户使老板娘生疑并最终报了警。见到身着制服的警察进屋时，我一度惊恐于事迹败露，随即意识到我的惊恐没有来由。我回答了询问，坦言自己想暂别寺中生活而出走，不仅出示了学生证，还特意当着警察的面付清了住宿费。如此一来警察便摆出了保护的态度，立刻打电话向鹿苑寺确认我所述情况的真伪，并告知将护送我回寺，为了不影响我的前途，警察还特意换上了便衣。

我们在丹后由良站等火车时遇到阵雨，露天站台很快被雨水打湿。警察带我进了车站办公室，得意地告诉我站长和站务员都是他的朋友。不光如此，他还向众人介绍说我是他从京都来访的外甥。

我终于体会到了革命家的心理。围着暖烘烘的火炉谈笑自如的站长和警察，对于迫在眉睫的世界变化和即将崩溃的秩序一无所知。

只要烧掉金阁，只要能烧掉金阁，必将使这帮人的世界天翻地覆，生活的金科玉律面目全非，列车时刻表乱作一团，他们的法律也将一无是处，我心想。

一个未来的罪人就在身边靠着火炉烘手，他们却还一副事不关己的表情，对一切一无所知，这实在令人愉悦。年轻活泼的站务员高谈阔论着即将在假期去看的影片——那是一部催人泪下的片子，也不乏火爆的动作场面。下次放假时一定去看电影！这个年轻的、明显比我壮硕的、充满活力的人将在接下来的假期去看电影，搂抱女人，上床。

他不停地开站长玩笑、讲笑话、被训斥，其间还麻利地添炭，在黑板上写下一些数字。来自生活的魅惑、对于生活的嫉恨，它们试图再次使我成为俘虏——我还可以选择不烧掉金阁而离开寺院还俗，委身于此般生活当中。

然而黑暗的力量突然觉醒并将我带了出来，我仍然不得不烧掉金阁。到那时，为我量身定制、专属于我的全新的生必将开始。

站长接了个电话，随即走至穿衣镜前，庄重地扣上绣有金线的大盖帽。他清了清嗓子，挺起胸脯，如同出席典礼般走向雨后初晴的站台。很快我就听见了火车的轰鸣声，越过铁道边高耸的山崖传来，那是我们即将乘坐的火车。轰鸣穿过雨后山崖上的泥土，新鲜而潮湿。

时间快到晚上八点十分，我在便衣警察的护送下抵达京都，直接被送往鹿苑寺。那是个清冷的寒夜。当松林的黑色枝干开始连绵，大门顽固的轮廓开始逼近时，我看见了站在那里的母亲。

母亲碰巧站在警示牌边，那块写有“若有违反以上规定者依国法处置”字样的警示牌边。她头发散乱，根根白发在门灯照射下仿佛倒竖了起来。她的头发本没有那样白，只不过在灯光映照下才显得那样，瘦小的脸庞在凌乱的发丝下没有任何表情。

母亲身材矮小，如今看上去却令人惶恐地膨胀起来，十分庞大。母亲的身后，从大开的前门可窥见前庭四散弥漫的黑暗。母亲背对着黑暗，布料粗糙的和服裹在笨拙的身上，全然不像样子，腰间绣了细碎金线的衣带是她唯一能出门见人的行头。远远望去，她就像一个维持着站姿的死人。

我犹豫着不肯上前，同时也讶异于为何母亲会在这里。事后才知道老师一得知我出走就打听到了母亲的住址。她在慌乱中赶来鹿苑寺，顺势也就住下了。

便衣警察在背后推了我一把。随着距离的拉近，母亲的身形竟逐渐小了。母亲的脸凑到我眼睛下方，仰望着我，丑陋地扭曲着。

我的感觉几乎没有欺骗过我。事到如今，母亲深深下陷、小而狡黠的眼睛再次使我感受到厌恶她的正当性。被这个人所生，这本就给了我难以言喻的厌恶，使我感到深深的耻辱……之前我说过，这反而将我与她隔开，甚至连企图复仇的余地都没有留给我，但我与她之间的牵绊却并未解开。

而现在，眼见母亲几乎沉浸于母性的悲叹中，我却忽然感到自己自由了。我不知道原因，只是觉得她再也无法威胁我了。

一阵如同被扼住了喉头般凄厉的呜咽声冒了出来。一只手随即伸向我的面颊，无力地扇了一耳光。“不孝的东西，不知好歹！”

便衣警察默默地看着我挨打。打人的手指乱作一团，导致指尖的力量软弱无力，反倒是指甲如冰雨般击打着脸庞。我发现母亲就连在打我时都没有忘记摆出哀怨的表情，于是我不再看她。稍作停歇后，母亲的语气缓和了下来。“你走了……走了那么远，钱是哪里来的？”

“钱？找朋友借的。”

“真的？不是偷来的？”

“不是。”

母亲松了口气，好像这就是她唯一担心的事。“哦……你没做什么坏事吧？”

“没有。”

“哦，那就好。你可要好好去跟老师赔罪，我已经替你道歉求过情了，但还得你自己去诚心忏悔，请求宽恕。他很慈悲，我看他这次会网开一面，从今往后你若还不知悔改，我这当妈的真不如去死。真的。你要不想我去死，就一定要诚心悔改，以后成为有头有脸的师父……算了，不说那些了，还不赶紧去请罪？”

我和警察一言不发地跟在母亲身后。她甚至忘记了本该向警察行礼。

我打量着母亲迈起小碎步、衣带无力地耷拉着的背影，思索着是什么令她如此丑陋。使她丑陋至此的……就是希望。那是湿漉漉地泛着微红、无止境地产生瘙痒、绝不向世上任何事物示弱、仿佛根殖于肮脏肌肤之上顽固的皮癣般的希望，无可救药的希望。

冬天来了。我的决心日益坚定。计划被一拖再拖，越拖越久，对此我并不厌倦。

出走归来后的半年内，使我烦恼的反而另有其事。每到月末柏木就来追债，通知我利滚利后的金额，为逼我还钱说了许多难听话。可我压根就没有还钱的打算，想避开柏木只要别去学校就行。

我下了这样的决心，中间也有过诸多动摇和徘徊，但并不想倾诉，这着实令我惊讶。我那颗善变的心消失了，这半年来我的眼睛都注视着同一个未来不曾动摇。这段时间的我或许已经明白了幸福的意义。

首先，寺中生活变得轻松自如了。一想到金阁迟早要被烧掉，难以忍受的事物就都变得易于忍受。我好像一个预感到了自身死亡的人，对寺里众人的态度好转，应对也变得积极，不管对任何事都抱着一颗和解的心。我甚至同自然达成了和解。每个冬日清晨，前来啄食残存的落霜红果的小鸟胸前柔软的羽毛也令我感到亲切。

就连对老师的厌恶我都已经遗忘！我摆脱了母亲，摆脱了友人，摆脱了所有的一切，成了自由之身。但我还没有愚蠢到产生错觉，认为这令人心旷神怡的新生活是来自坐享其成的世界的变迁。任何事情若只看最终结果，都将变得可以接纳。获得观察最终结果的双眼，同时还要感觉到对最终结果的决断有所参与，这才是我的自由的根据。

烧毁金阁这一想法尽管曾经只是个唐突的念头，但如今就像一件刚做好的西服，对我来说再服帖不过，仿佛自打出生之日起我就立志要如此，至少在父亲陪着我目睹金阁之日起，这一想法便已在我体内扎根孕育，只待绽放盛开。金阁在一个少年眼中具有世间难得一见的美，这就已经包含了我化身为纵火者的一切理由。

昭和二十五年三月十七日，我读完了大谷大学的预科。两天后，十九日就是我的生日，我已满二十一岁。三年预科的成绩惨不忍睹，七十九人中第七十九名，各科目中国语成绩最差，四十二分。全部六百一十六课时中旷课二百一十八课时，占三分之一还多。饶是如此，佛祖慈悲为怀，这所大学并无落榜一说，我仍然得以升入本科，这一点也得到了老师的默许。

晚春至初夏的美好时光里我无心学业，而是辗转于各处无须开销的寺院和神社，每日观景消磨时光。脚力能及之处我全走了一遭，其中某一日的情形至今仍能忆起。

那一天我正走在妙心寺的寺前大道上，忽见前方一个学生模样的身影，步伐速度与我大致相当。他在一家屋檐老旧低垂的香烟铺前停下脚步打算买烟，我瞧见了他学生帽下的侧脸。

那是一张眉宇间透着锐气的白皙侧脸，看帽子我才知道他是京都大学的学生。他以余光瞥了我一眼，视线仿佛带着浓重的黑影奔涌而来。我的直觉告诉我——他必定是纵火犯。

午后三点，这时间太不适合纵火。一只蝴蝶误入铺了柏油的公交车道上，在香烟铺门面前一朵快要枯萎的山茶花周围盘旋。原本是白色的山茶花干枯的部分成了茶褐色，仿佛被火烧过一般。公交车一直没来，道路上的时间停滞了。

我不明白，自己为何认定那学生正一步步走在去纵火的路上，反正他看上去明显就是个纵火犯。他故意选择了对于纵火来说最困难的白昼，坚实地迈步，缓缓通向自身坚定而向往的行为。他的前方是火与破坏，背后是被抛弃的秩序。我从略带几分庄严的学生服背影中感受到了这一点。或许我早已在内心里描绘了一个形象，年轻的纵火者的背影就该如此。阳光照射着穿着黑色学生服的后背，那里早已被不祥的险恶占据。

我放缓脚步，打算跟踪那学生。走着走着，我竟觉得他左肩略显下塌的背影仿佛就是我自己。比起我来他俊美太多，必定是出于同样的孤独、同样的不幸和同样的对美的执着，才促成了同样的行为。不知从何时起，跟踪着他让我觉得自己已提前见证了自身的行为。

晚春的午后，在过于明媚的阳光和过度慵懒的空气中，容易发生这样的事情。难道说我一分为二了？我的分身提前模仿了我的行为，让我目睹——因为日后付诸行动时我无法亲眼见证——自身的形象。

公交车迟迟不来，路上不见一个人影。正法山妙心寺巨大的南门逼近了，向着左右两边敞开的大门看似正在吞噬一切表象。从我这里望去，敕使门和山门间层叠的立柱、佛堂的瓦片、许多松树，还有一部分被活活割裂的蓝天和几缕虚无的云，全被吞入了它那雄壮的框架之中。随着与门之间的距离越来越近，纵横在偌大寺内的石板路、众多塔头的围墙、无止境的一切，全都加入了被吞并的行列之中。只有穿过那道门时才能领会，这神秘的门已将苍穹和浮云尽数收纳于门内。所谓大伽蓝就该是如此。

学生从门下穿行而过，然后从外侧绕过敕使门，在山门前的莲池畔稍作停留，随后又驻足于横跨莲池的唐代样式石桥之上，仰望高耸的山门。我想：他要烧的就是那座山门。

那山门之壮丽，配得上被熊熊烈火簇拥其中。如此明媚的午后，火焰恐怕不大能看清，只有当它被滚滚浓烟包围，无形的烈焰舔舐天空，晴空随之扭曲摇摆时才能明了。

学生离山门更近了。为了不被他发现，我绕至山门东侧继续暗中观察。现在正是化缘僧回寺的时候。东面的路上，三个和尚手托钵盂脚蹬草鞋，一人在前，两人在后，脚踏石板路而来。竹藤编织的圆帽被他们拿在另一只手上，直到回寺前，他们都将保持着单手托钵的姿势。他们的目光落在前方三四尺处，彼此并不交谈，安静地从我面前经过，向右边去了。

那学生仍在山门附近徘徊，最终背靠着一根柱子，从口袋里掏出方才购买的香烟。他漫无目的地四下扫了一眼。我想，他一定是打算以抽烟为幌子实施纵火。只见他将一支香烟衔在嘴里，点燃火柴后将脸凑近。

燃烧的火柴在一瞬间发出微弱而透明的光。恐怕连学生自己都没发觉那火焰的色泽，因为午后的阳光正巧从三个方向照向山门，只有我身处的这一侧被笼罩在阴影中。学生靠在莲池边山门的柱子上，火光紧挨着他的脸，就那么一瞬间，似乎还溅起了飞沫般的火星，紧接着便因他剧烈抖动的手而熄灭。

火柴熄灭似乎并不能让学生放心，他还用鞋底反复踩踏被扔在石座上的火柴棒。只见他颇为享受地吞云吐雾，走过石桥，全然不顾留在原地的我满心失望。过桥后他又绕过敕使门，朝着可以隐约窥见大路——路面上两边房屋的影子更长了一些——的南门悠然地走去。

他并非纵火者，只是一个来散步的普通学生，一个或许有些无趣、有些拮据但也仅此而已的普通青年。

在目睹了全过程的我看来，他不是为了纵火，而只因为抽烟就那般心神不宁地环视四下，这代表了他学生气十足的抗拒规则的快感；已熄灭的火柴还要那样小心地踩踏，代表了他的“文化教养”。而尤令我恼火的是，就因这毫无益处的教养，他那小小的火焰才得以被安全地管理。他恐怕还为自己身为火柴的管理者、出于对社会负责而毫不迟疑地踩灭火苗的管理者而扬扬自得。

京都市内外的诸多古刹在明治维新后鲜少被烧，全仰仗这份教养。偶有失火，火势也会立即被隔断、细分、控制，以前可不是这副模样。永享三年知恩院起火，之后仍屡次遭受火灾；明德四年南禅寺本寺的佛堂、法堂、金刚殿、大云庵等起火；元龟二年延历寺烧成灰烬；天文二十一年建仁寺罹遇战火；建长元年三十三间堂付之一炬；天正十年本能寺横遭战火……

曾经，火与火之间是熟络的。火如是般被细分种类，互无诋毁，此种火与别种火执手同行，进而纠集无数的火。人大概亦是如此。无论是身处何方的火，总可以呼喊别处的火，声音即刻可达。各处寺院起的火，或是疏忽大意之火，或是无妄天灾之火，或是战争乱世之火，全无人为纵火的记录，这恐怕也是因为古代即便有像我这样的人，也只消销声匿迹待风头过去，便能置身事外了。寺院总有一天要烧掉，火丰富而肆意。只要静心等待，定能等来大火燃起的时机，届时火与火即可携手完成它们该完成的使命。金阁只不过得益于极为罕见的偶然才躲过了火烧之灾。火自然而生，灭亡和否定是它的常态，人为修建的寺院必将被焚，佛教中的原理和法则严密地支配着人世间。哪怕是人为纵火，也不过是顺其自然依仗了火的诸般力量，所以不会有历史学家认为那是纵火。

那时候人世间动荡不安。时至如今——昭和二十五年，人世间的动荡不安仍不亚于当时。既然诸多寺院皆曾因动荡不安而遭焚烧，为何如今金阁就一定不能被焚烧呢？

我虽怠慢学业却常去图书馆，所以在五月的一天里遇到了一直避而不见的柏木。眼见我慌于躲闪，他饶有兴致地追了上来。我想我若迈步疾奔，内翻足的他必然无法追上，但还是停下了脚步。

柏木抓着我的肩膀气喘吁吁，时间应是放学后的五点半左右。为了不与柏木碰面，我出了图书馆会刻意绕至校舍后，行走在低矮的校舍和高耸的石墙间的小道上。那里有丛生的野菊花，四处是被人丢弃的纸屑和空瓶，偷溜进来的孩子们正玩着棒球传接球。隔着残破的玻璃窗，可以窥见放学后的教室里一排排脏兮兮的课桌，孩子们亢奋的叫喊声更突显了它们的落寞。

我径直走到主楼西侧一间挂有“花道部工坊”字样门牌的小屋前才停下脚步。石墙边有一排楠树，枝叶从小屋上方越过，在夕阳的照射下，枝叶细细的影子爬上了主楼的红砖墙。沐浴着落日的红砖甚是光艳。

柏木背靠在这堵墙上喘着粗气，楠树婆娑的树影映在他平日憔悴的面颊上，投去律动诡异的光影。或许是红砖墙与他太不相称，才令其看上去如此。

“五千一百块。”他开口道，“到五月底连本带利可就五千一百块了。再这样下去，你想靠自己还清可就越来越难了。”

他从胸前的口袋里掏出折叠工整的欠条摊开给我看，欠条一直被他收在那里。似乎害怕我突然伸手撕毁证据，他很快又将其折好放回口袋，只留下刺眼的朱红色指印的残影还在我眼前。我的指纹看上去无比悲痛惨烈。

“快还钱吧，这可是为你好。先拿学费或者其他什么钱垫上不就行了？”

我沉默了。若世界末日就在眼前，我还有没有偿还欠款的义务？我想给柏木一点暗示，这种冲动纠缠着我，不过最终还是被我扼杀在了心里。

“你不讲话算什么意思？是不是结巴所以难为情？都事到如今了！就连这东西都知道你是个结巴，就连这东西……”他挥拳捶向夕阳映照下的红砖墙，沾上了赭红色的粉末，“就连这堵墙都知道。学校里没人不知道。”

我还是以沉默与他对峙。这时，孩子们的棒球扔歪了，滚到了我与他之间，柏木弯腰打算拾起还给孩子们。我忽地来了好事者的兴致，想看看为了能抓住棒球，他打算如何移动内翻足。我下意识地看向柏木的脚，他察觉我眼神之快可谓神速。他直起没有完全弯下去的身子盯着我，眼神里有着不像他风格的、欠缺冷静的厌恶。

一个孩子畏畏缩缩地走上前来，拾起我们之间的球跑了。柏木这才开口道：“好。既然你是这个态度，那么我自有办法。无论如何，下月回老家之前我要尽可能把钱要回来。我想你也早有心理准备了。”

时间到了六月，重要的课越来越少，学生开始准备返乡。我永远也不会忘记六月十日那一天。

雨从早晨开始就下得连绵不绝，到了夜里已是滂沱大雨。晚饭后，我在房间里读书。八点左右，客殿通往大书院的走廊上传来了脚步声。难得老师没有外出，这是有人来访了。只是这脚步声可谓奇异，仿佛雨滴狂乱地敲打着窗户。带路弟子的脚步声很轻且规律，来客的脚步踩得走廊古老的地板嘎吱嘎吱地响，而且甚是缓慢。

雨声包围了鹿苑寺昏暗的屋檐。雨滴冲刷着古老而硕大的寺庙，占据了夜色里无数空旷且发霉的房间。僧房、执事房、殿司房、客殿，侧耳倾听皆是雨声。我想到了此刻正笼罩在金阁上空的雨。我稍稍拨开窗户，只见雨水充斥着满是石头的小小中庭，流淌在石头与石头的间隙，泛着黑色光芒。

那名新入寺的弟子从老师住处回来，将头伸入我的房间，说道："一个姓柏木的学生去了老师那里，他不是你朋友吗？"

我隐约感到一丝不安，随即留住了这名正欲离去、戴着眼镜、白天在小学里教书的弟子，将其引入屋内。因为独自揣测此刻正发生在大书院内的对话令我无法忍受。

五六分钟过去了。老师摇铃的声音传来，刺耳的铃声穿破雨幕又戛然而止。我们二人面面相觑。

"叫你呢。"新弟子开口道。

我痛苦地起身。

上边有我指印的欠条平铺在老师的书桌上，老师掀起一角给跪在走廊上的我看。他没允许我进屋。

"这真的是你的指印？"

"是。"我答道。

"就知道添乱。往后若再有这样的事，寺里绝容不下你，你好自为之。看你干的那些……”可能是忌惮柏木在场，老师将说到一半的话又咽了回去，“钱我替你偿还，你退下吧。”

这句话使我得空瞟了一眼柏木。他正襟危坐，到底没敢与我对视。他自己都未曾意识到，行恶时的他仿佛抽去了自身性格中的核心部分，表情也显得更加纯洁。只有我洞察到了这一点。

回到房间，在滂沱的雨声中，在一片孤独中，我终于得到些许解放。新入寺的弟子早已不在了。

“寺里绝容不下你”——这是老师的话。我第一次从老师口中听到这样的话，可以说这是最后通牒。事态忽然间明朗了起来，老师已有了将我放逐的念头，我必须要果断行动了。

若今夜柏木未做出那样的事，我就没机会从老师口中听到这番话，行动的决心或许要拖得更久。一想到赐予我迈出关键一步力量的人正是柏木，反倒使我对其产生了莫名的谢意。

雨丝毫未见颓势，六月天里肌肤竟感到一丝寒意，被木板包围起来五叠大的小库房在昏暗的灯光下尽显凄凉。这是我的家，或许我将被驱逐出这里。屋内没有丝毫装饰，草席早已变色，边缘泛黑，被磨得破破烂烂，硬邦邦的线头裸露在外，摸黑进屋点灯时我的脚趾总会被它绊着，但也从未打算修补。我生活的动力与草席无关。

夏日将近，这五叠大的空间里弥漫着我身上的酸臭味。可笑我身为僧侣，却也带着青年的体臭，它甚至渗进了四个角落里泛着黑光、粗大古老的木柱和同样古老的木板里。难得那些木纹蒙上岁月的光泽，却从中散发出了青壮生物的恶臭。木柱和木板也几乎化为腥臭而不动的活物。

就在此时，方才奇异的脚步声再次顺着走廊传来。我起身来到走廊。远处的陆舟之松在老师房间透出的光亮映衬下，高翘起被打湿了的、泛着黑光的绿色船头。柏木站在这片风景之前，犹如一台忽然断电的机器，静止不动。我则露出了笑容。看到我后，柏木第一次露出了近乎恐惧的神情，这让我甚是满意。

“进屋吧。”我说道。

“干什么啊？别吓我，你真是个怪人。”

柏木以他特有的下蹲姿势，极其自然地盘腿坐上我给他让出来的蒲团，仰头环视房屋。雨声像厚重的绸缎般将门外的世界隔绝开来。雨滴拍打着门前的走廊，水花不时地溅到拉门上。

“唉，你也别怪我。是你咎由自取，逼我使出这样的手段。这话总没错吧？”他从口袋里掏出印有“鹿苑寺”字样的信封，数起钱来。里面是今年正月刚发行的崭新千元钞，只有三张。

我开口道：“寺里的钞票很干净吧？老师有洁癖，让副司每隔三天就跑一趟银行换零钱。”

“你看，只有三张而已。你们这里的和尚怎么这样抠门？居然不承认学生之间的借贷附加利息。他自己倒是赚得盆满钵满。”

这出乎柏木意料之外的失望令我感到愉悦。我坦然一笑，柏木也笑了，但这样的和解只有短短一瞬。他很快收起笑脸，盯着我的额头冷冰冰地开口道:“我看得出来，眼下你正盘算着一件毁灭性的事。”

他的目光令我难以承受，可他能理解到的“毁灭性”与我向往的东西相差甚远。一想到这些，我便再次冷静了下来，流利地回答道:“没有啊，我没什么打算。”

“是吗？你可真是个怪人，是我所见过的人当中最怪的一个。”

他这番话是因为我一直挂在嘴角的亲切微笑而发。我断定他绝无可能察觉此刻在我心中翻涌而出的谢意，这也使得我的微笑更加自然。在这其乐融融的友谊舞台上，我问了一句话:“是不是要回老家了？”

“嗯，打算明天就回，在三宫度过夏天……那里其实也没什么意思。”

“暂时在学校也见不到啦。”

“说得好听，你根本就不去学校。”言谈间柏木解开了制服胸前的纽扣，在内袋里摸了起来，“我打算在回老家之前让你开心开心，就带了这些来，因为你一直很看重那家伙嘛。”

四五封信被甩到了我桌上。看清寄信人的姓名后，我不禁一阵错愕。

柏木见状若无其事地说道:“拿去看吧，这可是鹤川的遗物。”

“原来你跟鹤川很熟？”

"算是吧。我以我的方式跟他处得还不错。那小子生前十分抗拒被人看作我的朋友，就那样他还是只愿意向我倾吐心声。一转眼他死了已有三年，现在拿出来应该没事了。尤其是你当初跟他那样亲近，我早就打算只给你一人看。"

信的日期全是鹤川死前不久。昭和二十二年五月，几乎每天都有信从东京寄给柏木。鹤川从未给我写过信，而从眼前这些信来看，他应是回东京第二天起就每日给柏木去信。笔迹毫无疑问是鹤川的，棱角分明又颇显稚拙。我有些嫉妒，因为鹤川展现在我面前的通透的情感是那样真实，他时常将柏木说得一无是处，反对我与柏木来往，实际上却将与柏木如此亲密的关系深藏了起来。

我按照时间顺序读起第一封信，字迹细弱，写在纤薄的便笺上，行文之笨拙简直无法言喻，思路断断续续，通读着实不易，通篇文字背后隐约透出痛苦的气息。再看下一封，鹤川的痛苦跃然纸上。读着读着，我竟然哭了。我一边哭一边诧异于鹤川曾抱有的苦恼之平庸。

那只不过是司空见惯、微不足道的恋爱问题，只不过是一次遭到对方父母反对的不幸爱恋而已。但鹤川在写信时不自觉地夸张了情感，信中的这样一句话令我愕然——

如今想来，这场不幸的恋爱或许也是源自我不幸的心。我生来便有一颗阴暗的心，它似乎与辉煌的光明无缘。

最后一封信的结尾，鹤川语气过激而唐突，那时我才心生一直以来做梦都未曾想过的疑惑。“难道说他……”

我话刚说了一半，柏木就点头了。“没错，是自杀。我只能这样认为。他家人或许为了免受非议才搬出卡车那一套说辞吧。”

愤恨使我结巴得厉害，我继续追问柏木：“你、你回信了吧？”

“回了，不过据说信寄到时人已经死了。”

“怎么写的？”

“让他别寻死，就这些。”

我沉默了。

曾经我坚信感觉不会欺骗我，如今那都成了枉然。

柏木适时地给出致命一击：“怎么样？读了这些后，人生观是否改变了？心里的那些打算是否要从头再来？”

柏木在三年后将这些东西拿给我看，企图显而易见。虽受了如此打击，夏日的繁茂草地里仰卧的少年，以及晨光透过枝叶洒落在他白色衬衫上的点点斑驳，都未曾从我的记忆里消失过。在鹤川死后三年，他的形象与我心目中的判若两人，我本以为寄托在他身上的东西早已随着他的死而消亡，但这一瞬间却带着另一种现实的意义复苏了。比起记忆的意义，我更相信它是记忆的实质。我相信它，已到了倘若放弃这份信念，就连生之本身也将随之崩溃的地步。而柏木却俯视着我，为他刚刚亲手完成的心灵杀戮而扬扬自得。

“怎么样，内心是否有什么东西破碎了？我不忍见到自己的朋友心怀脆弱地活着，所以才竭力将那些易碎的全部摧毁。这就是我的善意。”

“若它还未破碎，你又要怎么办？”

“别再像孩子一样争强好胜了。”柏木嘲笑道，“我一直想让你明白，令这个世界发生改变的，是认知。你看，其他事物都没有改变这世界分毫，只有认知，才能让一成不变的世界产生改变。以认知的眼光去看，世界永恒不变，又因此而化身永恒。你要问了，这又有什么用处？那么我告诉你，人拿起认知的武器正是为了忍受此生。动物才不需要那东西，动物并没有忍受此生的意识。生命难以承受的一面被人当作了武器，那就是认知，可这丝毫没有改变其难以承受的实质，仅此而已。”

“你不觉得，承受生命还有其他方式吗？”

“没有，剩下的只有发疯和死亡。”

“让世界发生改变的绝不是什么认知。”我不假思索地直言道，险些将内心打算和盘托出，“改变世界的是行为，除此之外再无其他。”

果然，等待我的是柏木冰冷的微笑，那笑容仿佛被贴在了他的脸上。“又来了，又提起行为来了。可你不觉得，你所热衷的美正是贪婪地沉睡在认知庇护之下的东西吗？就好像你曾经提起过的南泉斩猫里的那只猫，那只美得难以言喻的猫。两堂众僧为之剑拔弩张，正因为他们出于自身认知，试图保护它、养育它、使它安眠。而南泉禅师执着于行为，果断将其斩杀。事后才来的赵州将草鞋顶在头上，试图传达的就是这个意思。他一定早就明白，美就应该在认知的庇护下沉睡。但所谓个体的认知、各自的认知是不存在的，认知是人的汪洋、人的荒野，是人作为普遍存在时的状态。我认为他想说的就是这些。如今你是否正自诩为南泉呢？美的事物，你所热爱的美的事物，那只不过是人的精神中除了交给认知而剩下的部分，是这些剩下部分的幻影，是你所谓的‘承受生命的其他方式’的幻影。可以说，这种东西本就不存在。话虽如此，归根结底，将这幻影强化并尽可能地赋予其现实意义的还是认知。对于认知来说，美绝不是慰藉。它可能是女人、是妻子，但绝不是慰藉。然而这种绝非慰藉的美，当它与认知结为连理，必然要孕育出些什么。可能是虚无缥缈的、如泡影般一无是处的东西，但一定会孕育出些什么，那就是世人所谓的艺术。”

“美……”话刚出口我就猛地结巴起来。脑海里闪过一丝毫无根据的疑虑，我怀疑我之所以结巴莫非孕育自我关于美的观念？“美、美对于我来说已是仇敌。”

“美是仇敌？”柏木夸张地瞪着眼睛，他惯有的哲学气十足的酣畅正从涨红的脸上复苏，“这究竟是怎么了，我居然从你口中听到这样的话？看来我的认知需要重新对焦了。”

那之后，我们在融洽的气氛中探讨良久。雨未曾停息。临走时柏木提到了我还从未见过的三宫、神户港口和在夏季出港的巨轮。我找回了关于舞鹤的记忆。无论怎样的认知或行为都无法替代扬帆远航时的喜悦，这一遐想让两个穷学生的意见首次达成一致。

# 第九章

老师总是对我施以训诫，如今本该是再次训诫我的时候，他却反而向我施以恩惠，这恐怕并非偶然。柏木要完钱的五天后，他唤我去他那里，亲手交给我第一学期的学费三千四百块、往返电车费三百五十块和文具费五百五十块。学校规定暑假开始前付清学费，可在发生了那样的事情后，我真没指望老师还会给我这笔钱，因为我觉得在看清我不值得信任后，即便他有这个心思，也应该直接将钱汇给学校。

但我比老师更清楚，就算他像现在这样将钱直接交到我手上，他对我的信任也是伪装出来的。老师在无言中施以的恩惠，与他那柔软的桃红色肉体有着共通之处。满是虚伪的肉体、谙熟于以信任惩戒背叛并以背叛惩戒信任的肉体，这肉体不被任何腐败侵蚀，温润而泛着桃红，静默地滋生繁殖。

当警察找到由良的旅馆时，我害怕行踪败露，如今我同样有了一种近乎恐惧的妄想，以为老师已经看穿了我的计划，试图通过金钱使我放弃决断。我有种感觉，当我因为拿到这一大笔钱而小心谨慎时就无法获得果断行事的勇气，我必须尽快花掉这笔钱。人越是穷，就越不知道该如何花钱。我得找到一个花钱的方法，一个让老师一旦得知就会无比震怒、非得立刻将我驱逐出寺不可的方法。

这一天轮到我负责斋饭。晚饭过后我正在厨房洗碗碟，不经意地瞟了一眼已然冷清的食堂。与厨房的交界处有一根因烟熏而泛着黑光的立柱，一张褪了色的纸符贴在柱子上。

阿多古祀符 慎用火烛

我的心仿佛看见了护符封印下被囚禁的凄惨火苗。我看见在古老的护符之下，曾经华丽的火正在变得衰弱，变得苍白无力。若我说如今我可以在火的幻象中感受到情欲，是否会有人相信？既然我的一切求生意志都寄托在了火焰之上，那么肉欲也该与之相近，这不是自然而然的吗？我的欲望如火一般化成温婉柔软的姿态，火焰透过黝黑发亮的立柱尽显媚态，仿佛知道正被我注视似的，那手腕、那四肢、那胸脯温润丰腴。

六月十八日晚，我怀揣着钱偷溜出寺去往北新地，人们通常称那里为五番町。我早就听说那里价格公道，即便是寺里的小和尚也一样会得到好生服侍。从鹿苑寺至五番町，步行需要三四十分钟。

晚上湿气很重，朦胧的月亮挂在略显阴沉的夜空。我身着土黄色裤子，身披夹克，脚踏木屐。或许几个钟头后返寺时的我还是同样着装，但内里将成为另一种人——我不知道自己如何说服自己认可了这一设想。

我的确为了生存而试图烧毁金阁，但我所做的事却像是为了死而准备的。就像要自杀的处男在行事前去逛窑子一样，我也正在路上。诸位大可放心，男人的这种行为就好比在文件上署名，即便他失去了童贞，也绝不会因此而成为“另一种人”。

曾经的一次次挫折，金阁在我与女人之间现身横加阻挠的挫折，如今已不必再惧怕它。因为我已无任何奢望，也不打算通过女人去参与人生。属于我的生已确凿地被安置在了彼岸，之前的我的一切行为都只不过是晦涩残酷的过场……

就在我这样告诉自己时，柏木曾经说过的话又重现在脑海：“娼妇接客并非出于对客人的爱。老人也好、乞丐也好、瞎子也好、俊男也好，甚至在不知情的情况下，麻风病人都可以成为她们的客人。若是一般人，定会安于这份平等，花钱得到人生中第一个女人。然而我却看不上此种平等。四肢健全的男人和我竟在同等资格下被接待，这使我无法忍受，对我来说无异于可怕的自我亵渎。”

回想起这段话令眼下的我颇感不快，不过四肢健全的我与柏木不同，先不管结巴，我只要相信自己这份平凡的丑陋便好。不过随即我又开始庸人自扰：可是，女人能否凭借直觉，从我丑陋的额头上分辨出某种天才罪犯的迹象呢？

我的脚步迟疑起来。我开始迷惘，不知自己究竟是为烧毁金阁而舍弃童贞，还是为告别童贞而烧毁金阁。不知为何，此时我心中竟冒出了“天步艰难”这种高雅的词来，于是反复低语着“天步艰难，天步艰难……”继续前行。

走着走着，走到弹子机房和酒馆的灯红酒绿开始黯淡之处，我看见有那么一角，荧光灯和微微泛着白光的纸灯笼规整地连成一片。

出寺后我就一直沉溺于幻想无法自拔，我幻想着有为子还活着，就隐姓埋名地栖身于这一角当中。幻想给了我力量。

自决心烧毁金阁起，我就重拾了年少懵懂时的清新无瑕，与人生中最初邂逅的那些人和事再次相遇也未尝不可。我是这样认为的。

今后的我自然还将继续活下去，不可思议的是心中不祥的感觉竟与日俱增，似乎死神明日即将到访，使我不禁祈求起火烧金阁之前对我网开一面。这种不祥之感绝不是因为疾病，我身上没有疾病的征兆。但让我活下去的诸般条件的协调和相应的责任一股脑地全落在我一人肩上，我感到这份负担更加沉重了。

昨日扫地时食指被扫帚的竹签戳破，就连这点小伤都成了使我不安的种子。我想到了因指尖被玫瑰的尖刺刺伤而送了性命的诗人。凡夫俗子不会因为这样的事情死去，但我已成为至关重要的人物，究竟会招致何种命中注定的离奇死亡还未可知。所幸指尖的伤口并未化脓，今天再去揉捏也只是有轻微的痛感了。

我虽要前往五番町，但并没有疏忽卫生问题，这一点自不必多言。动身前一日我就绕远路找了家陌生的药房，买好了避孕用具。那片触感粗糙的薄膜泛着无力又不健康的色泽，昨晚我取了一个试过。用暗红色蜡笔胡乱描画的佛像、京都观光协会的挂历、翻至佛顶尊胜陀罗尼处的每日修习的经文、穿过的袜子、卷着毛边的草席……我的下体就直立在这些东西中央，好似一尊没鼻子没眼、光滑且灰溜溜的、不祥的佛像。那令人不快的模样使我联想到一个如今只在口头流传的残酷行为——罗切[1]。

我走进了这条挂着灯笼的小巷。

这里的百余间民房皆是相同构造。据说只要看管这一片的地头蛇肯帮忙，哪怕是通缉犯也能轻易地隐匿行踪。地头蛇一摇铃，整条街家家户户便相继呼应，以此告知逃犯危险来临。

每家的入口处都开了一扇昏暗的隔窗，有上下两层。敦实

①梵文中称男子生殖器为“魔罗”，切除魔罗斩断情欲即为“罗切”。

古老的瓦片房顶高矮一致，紧实地排列在阴湿的月光下。每家的入口都挂着门帘，除了“西阵”二字是白色外其余部分都染成了蓝色。老鸨身着烹饪时穿的大褂斜身倚在门后，从门帘边缘处窥视屋外。

我没有丝毫寻欢作乐的念头，觉得自己好像被某种秩序遗弃了，孤身一人脱离队列，拖着疲惫的步伐行走在一片荒芜之地。我的内在里，欲望正抱膝蜷缩成一团，仅留下闷闷不乐的背影示人。

总之要在这里把钱花出去，这是我的义务，我盘算着。总之要在这里把学费全花出去，因为这样才会给老师以口实，对我实施最严厉的放逐。

我并不觉得这样的想法有矛盾之处，倘若这是我的真心，我必然应对老师爱戴有加才是。

或许是还未到高峰时段，巷子里行人寥寥无几，脚下的木屐发出的声音颇显刺耳。老鸨们单调的吆喝声听上去就像匍匐穿行在梅雨时节低沉潮湿的空气下。我的脚趾一直紧紧地夹着已松动了的木屐带子。随后我想到了一件事：战争结束后，我曾在不动山顶眺望远方的点点灯火，这条街道的灯光当时必然也在其中。

沿着脚步被引领的方向，所到之处有为子一定在。十字路口有一家名为“大泷”的店。我没有多想，掀起门帘便钻了进去。迎面所见的房间铺了瓷砖，大约六叠大小，里头的沙发上瘫坐着三个女人，那架势简直像在苦等一列迟迟不来的火车。其中一人身着和服，脖子上还缠着绷带。一个穿着西式服装的女人正俯身脱下袜子，狠命挠着小腿肚。有为子碰巧外出了，她不在，这也使我安心不少。

正在挠腿的女人好似被召唤的狗一般抬起头来，脸圆圆的，稍显浮肿，白粉和红妆修饰之下，色泽仿佛儿童画般鲜艳。说来也怪，她看我的眼神其实带有善意，就像在看一个不小心在街角被撞的行人。那眼神根本不认为我心里藏有欲望。

既然有为子不在，选什么人都无所谓了。我仍然偏执地相信，只要有所选择、有所期待，必然没有好结果。这些女人没有选择客人的余地，那么我也不去挑选她们便是。一定不能让那令人心有余悸且无力抗拒的、关于美的思想介入此事分毫。

“敢问您看上哪个姑娘啦？”老鸨问道。

我指了指挠腿的女人。当时她腿上感到的轻微瘙痒，恐怕是正在瓷砖上徘徊的花蚊子叮咬所致，同时也成了联结我与她的机缘。多亏那阵瘙痒，她才获得了可能在日后成为我的见证人的权利。

女人起身来到我身旁冲我一笑，嘴角高高上扬。她拉了拉我的衣袖。

顺着昏暗破旧的楼道往二楼去时，我还在想有为子。我觉得她离开了这一刻，离开了存在于这一刻当中的世界。如果此刻她不在这里，那么无论去哪里寻找，她都一定不在那里。她就像是出门泡澡去了，去的是我们这个世界之外的浴池，或是其他什么地方。

在我看来，有为子生前就这样在两个世界之间自由出入，连那场悲剧发生时，她也本打算拒绝这个世界，可随后还是选择了容忍。死对于有为子来说或许也只是逢场作戏。她在金刚院的游廊留下血迹，也只是像被清晨推开的窗惊起飞远的蝴蝶留在窗棂上的鳞粉一般。

二楼正中央，古朴的镂空雕花栏杆围出中庭的天井。搭在屋檐与屋檐间的晾衣竿上挂满了红色的和服衬裙、内裤、睡衣，昏暗的光线使得睡衣隐约看上去好似人的形状。

不知是哪间房里有女人在唱歌，歌声舒缓悠扬，不时还有跑调的男声随之附和。忽然歌声中断，一阵短暂的沉默后传出了女人毫无征兆的大笑。

“跟个孩子似的。”我选的女人对老鸨说。

“她总是那样。”老鸨冷漠又宽厚的脊背距笑声传来的方向越来越远。我被带到一个小包间，这里只有三叠大小，真是大煞风景。壁龛处放了一个橱柜，上面随意摆放着布袋佛和招财猫。墙上贴有具体的注意事项，还挂了日历。顶上吊着一只昏暗的灯泡，只有三四十瓦。窗户敞开着，走廊上嫖客往来的脚步声听得十分清楚。

老鸨问我计时还是过夜。计时四百块，我顺便还点了酒和小菜。

老鸨下楼取酒水时，那女人没坐过来，直到把酒拿来的老鸨催促，她才凑上前来。从近处细看，女人鼻子下面被抓得有些泛红了。看来不光是腿，她有为了打发时间四处抓挠的习惯，不过鼻子下方的那点红也可能是花了的唇膏。

我讶异于自己初登青楼竟还有心思细致观察。我试图从亲眼所见的一切事物中找寻欢愉的证据。一切都如同铜版画一般被精密地打量，并且以同样的精密程度在一定距离之外拼接成平面。

“这位客人，我见过你。”女人介绍自己名叫茉莉子，随后这样说道。

“我可是第一次。”

“真是第一次来这种地方？”

“第一次。”

“我看也是，手还抖着呢。”

被她这样一说，我才意识到持酒杯的那只手正在颤抖。

“要真是第一次，那今晚茉莉子可是好运气。”老鸨接话道。

“是不是真的，很快就知道。”茉莉子敷衍地应道。

在我看来这话语里没有丝毫情欲，茉莉子的心之所在，与我的肉体和她的肉体都没有关系，就像一个没有尽兴的孩子正独自游玩。茉莉子身着浅绿色长衫、黄色短裙，双手只有拇指涂了红色指甲油，可能是找朋友借来涂着玩的。

小酌之后转而来到一间八叠大的卧室。茉莉子单脚踩着铺在草席上的被褥，拉动从灯罩上垂下来老长的开关线，灯罩下方色泽鲜艳的友禅印花被罩随之映入眼帘。这间房里有着气派的壁龛，摆放了法国人偶作为装饰。

我笨拙地脱了衣服。茉莉子将一件粉红色毛巾材质的浴衣披在肩头，然后熟练地从浴衣里将衣服脱去。我拿起枕边的水杯一口喝下。

“你还挺能喝水。”听见动静，茉莉子背对着我嗤笑道，随后钻进被褥与我面对面，还用指尖轻挠了我的鼻头。“真是第一次出来玩？”说完她又笑了。

在枕边灯昏暗的光亮下，我也没有忘记观察，因为观察是我活着的证据。与别人如此近距离地四目相对还真是第一次。我所见过的世界中的透视法崩溃了，他人无所顾忌地侵犯了我的存在。那体温和廉价香水的气味，一切都如水库中的水般翻腾而来，水位逐渐上升，将我淹没。我第一次这样融入他人的世界。

我完全被作为一个普通意义上的男人对待了。从来没人试想过我会被如此对待。我身上的结巴被褪去，丑陋和贫穷被褪去，脱下衣物之后，仍有数不清的东西如此般被一一褪去。我的确找到了快感，却不敢相信体验了那份快感的就是我自己。一种骤然涌现的感觉将我疏远至遥远的某处，随后又分崩离析……我猛地抽身，前额抵在枕头上，拳头轻轻敲打着头上冰冷而麻木的部分。一切都似乎离我而去了，我被这样的感觉包围，但也没有流下眼泪。

事后躺着闲聊，女人说起她从名古屋流落至此的故事。我迷迷糊糊地听着，心里想的全是金阁。那是些十分抽象的思索，并非往常般沉淀了大量情欲的想法。

“下次再来玩。”

言语之间我感觉茉莉子应该长我一到两岁，事实也的确如此。那对满是汗珠的乳房就在我面前，它们只是肉，绝无可能化身为金阁。我战战兢兢地以指尖触碰。

“你觉得这玩意儿新奇？”

茉莉子说罢坐起身子，直勾勾地盯着自己的乳房并轻轻晃动，仿佛在逗弄小动物一般。眼见那摇摆的肉，我想起了舞鹤湾的夕阳，可能是因为夕阳的善变与肉体的善变在我心里结合了。眼前的肉体宛若夕阳，眨眼间便被重重晚霞包裹，沉睡在了名为黑夜的墓穴深处，这样的想象给了我安宁。

翌日我又去同一家店找到同一个女人，这不光因为钱还剩下很多。最初的行为与想象中的欢愉相比实在太过贫瘠，我必须再试一次，有必要离想象中的欢愉更近一些。我在现实生活中的行为方式与旁人不同，我总是倾向于对想象进行忠实的模仿。想象这一措辞并不妥当，倒不如说是我的记忆之源。我认为人生中迟早要经历的种种体验，都早已经被我以最为辉煌的方式体验过了，这种感觉总是挥之不去。哪怕是这样的肉欲行为，我也感觉早在无法忆起的时间和地点，（多半是和有为子）体验过更为激烈、令人浑身战栗的肉体的欢愉。那是一切快感的源泉，现实中的快感与之相较只不过是沧海一粟。

我确实感觉在遥远的过去，在某个地方，我曾见过无比壮丽的晚霞。在我看来，那以后所见的晚霞全都稍显逊色，难道这是我的罪过？

昨日那女人过于将我作为一个普通人去对待了，所以今日我特意把几天前在旧书店买的一本袖珍书揣进口袋带了过去。书是贝卡里亚的《论犯罪与刑罚》，这位十八世纪意大利刑法学者的著作是启蒙主义和理性主义的经典结合。我翻了几页后便扔在一旁，但又觉得书名或许会引起她的兴趣。

茉莉子同昨日一样以微笑迎接了我。微笑是相同的，然而其中并未留下丝毫来自“昨日”的痕迹。她对我的亲切，就像在某个街角偶然与人相会时的亲切，这恐怕也因为她的肉体本就近似于某个街角。

狭窄包间里的小酌时间已不那么生硬和尴尬。

“难得您还来做回头客，年纪轻轻倒是挺懂我们这一行的规矩嘛。”老鸨说道。

“每天往这里跑，不怕被寺里的老和尚骂吗？”茉莉子接过话茬。见我脸上露出被拆穿后的诧异，她又继续道：“这太明显啦。现如今到处都是飞机头发型，还留寸头的那肯定是寺里的和尚。据说呀，那些个现如今颇有名望的高僧，年轻时大多光顾过我们这里呢……来来来，唱歌吧。”

茉莉子忽然唱起了一首讲述港口女人如何如何的流行歌曲。

第二次的行为已算是在熟悉的环境中进行，全无阻碍，很轻松就完成了。这次我感觉已经瞥见了快乐，但并不是想象中的那种快乐，只不过是出于对那种事轻车熟路，即一种对于自我堕落的满足而已。

事后那女人煞有介事地以年长者自居，向我施以感伤的说教，破坏了我最后那一丁点兴致。

“我觉得你还是别总往这种地方跑才好。”茉莉子这样说道，“你是个老实人。我就是这样想的，别陷太深，我看你还是专注打拼自己的事业吧。虽然我希望你来，但还是要这样讲，我的心思你能明白吗？看到你，我就感觉看到了自己的弟弟一样。”

茉莉子大概是从某本不入流的小说里学来了这段话。她讲这些话时并非用情至深，这只不过是以我为对象而设想了一个小故事，她期待的是我能陪她一起沉浸在她所创造的情绪当中。若我还能有所回应地为她哭泣，那就更好了。

然而我并未如她所愿，反而猛地从枕边抽出《论犯罪与刑罚》，递到这女人眼前。

茉莉子顺从地翻了几页后，便一言不发地扔回枕边。这本书已经淡出了她的记忆。

我曾期望这女人从与我相遇的命运中获得某种预感。关于我着手于毁灭世界的打算，我曾期望她能理解我哪怕分毫。我以为，对她来说这绝不是无关紧要的事。带着这样的焦虑，我终于说出了不该说的话。

“一个月……没错，我想一个月之内，报、报纸上就会在头版刊登关、关、关于我的新闻。到那时候希望你能想起我。”

话音刚落，我感到了强烈的悸动。茉莉子却笑出了声。她笑得乳房乱晃，不时地瞄我，咬着袖口试图忍住不笑，可又因为新的笑声而轻微抽搐，整个身体都随之颤动。究竟为什么这样好笑，茉莉子必然也无法解释。她可能也意识到了这一点，止住了笑声。

“什么东西这样好笑？”我问了一个愚蠢的问题。

“还不是因为你，真是满嘴胡话。哎呀，太好笑了，你真是太会胡说了！”

“我没有胡说。”

“快别说啦。哎呀，真好笑，我都快笑死了！满嘴胡言乱语，亏你还长了一张老实人的脸。”

茉莉子再次笑了。或许她发笑的理由很单纯，就是因为我劲头满满地讲出这番话时结巴得厉害而已。反正，茉莉子完全不相信。

她不相信。即便眼前发生了地震，她肯定也不相信。哪怕世界分崩离析，她可能还完好无损。为什么呢？因为茉莉子只相信遵照自我的打算而发生的事，她眼中的世界不会毁灭，她永远不会有机会考虑那种事情。关于这一点茉莉子和柏木很像。柏木也不会去考虑，茉莉子就是女性化的他。

话题无法继续，袒胸露乳的茉莉子哼起了歌。从她鼻子里哼出的歌声同苍蝇的振翅声搅在了一起。苍蝇在她周围盘旋，偶尔在乳房上停留。

“怪痒痒的。”茉莉子嘴上这样讲，却也不去驱赶。当苍蝇停留在乳房上时，它与乳房之间是那么亲密。令我意外的是，茉莉子对于这样的“爱抚”似乎并不十分抗拒。

窗檐处响起了雨声，让人觉得雨似乎只下在了那里，不再蔓延，而是迷失在了这片街道的一隅，踌躇间止步不前。那声音是被局限了的世界中的雨声，就像此刻我所在的空间被无垠的夜割开一般，只存在于枕边灯的微亮之下。

如果苍蝇喜好腐败，是否代表着茉莉子身上开始腐败了呢？不相信一切算不算腐败？茉莉子生活在只有她自己的绝对世界里，是否意味着她就得招致苍蝇呢？这些我并不知道。

突然间女人陷入了死一般的小睡，圆圆的乳房暴露在枕边的灯光下，光亮中那只苍蝇也仿佛忽然睡着了一般，一动不动。

我再没去过大泷，该做的已经做完，接下来只等老师发现我将学费挪作他用，将我驱逐。

不过，我决不会主动暗示老师。不需要坦白，就算我不坦白，老师一定也能发现蛛丝马迹。

某种意义上，我信赖老师的力量，试图借助老师的力量，至于原因却很难解释。我不知道自己是否再次将最后的决断寄托在了老师对我的放逐之上。我早已看穿了老师的无能，如前文所述。

第二次寻花问柳数日后，我还见识到了老师的另一面。

那天早晨老师趁寺门未开时去往金阁附近散步，他很少这样做。慰问了正在打扫的我们后，身着白衫的老师登上了通往夕佳亭的石阶。看起来他或许想去沏一壶茶，洗涤心灵。

清晨的天空里，绚丽的朝霞尚未散尽，带着红晕的云朵还在蓝天的映衬下四处游动，就像仍未褪去羞涩。

扫除结束，众人各自回正殿，只有我一人选择去往夕佳亭边通往大书院后方的小道，因为还没有打扫那里。

我拿着扫帚登上金阁寺院墙下的石阶，一路行至夕佳亭边。雨直到昨天夜里才停，四周的树木还带着湿气。灌木丛的叶尖上残留着点点露珠，折射出朝霞的余韵，看上去就像是长出了不合时宜的淡红果实。挂着露珠的蛛网也泛着点滴红晕，微微颤动。

地上的事物竟如此敏感地呈现着来自天上的色彩，我看着眼前之景心生感动。遍洒至寺内植被的雨露同样全部来自天上的馈赠。它们水润充盈，仿佛在享受着这份恩宠，同时散发出夹杂着腐败和潮湿的香气，之所以这样也是因为它们并不知道拒绝的方法。

众所周知，与夕佳亭相接的是拱北楼，其名出自“北辰居其所而众星拱之”[①]一句。然而如今的拱北楼早与当初足利义满扬威天下时不同，是百余年前重建之结果，成了一座外形偏圆的茶室。夕佳亭里没有老师的身影，想必他在拱北楼。

我不想只身一人去面对老师。沿着墙根俯身前行应该不会被发现，于是我这样悄悄前进。

拱北楼的大门敞开。里面的布局一如既往，壁龛里挂着圆山应举的画卷，还摆有雕工精细的南宋佛龛，用以雕刻的白檀木在岁月沉淀下已变得黝黑。壁龛左侧能见到利休[②]大师颇为钟爱的小茶桌，还有室内隔门上的彩绘。唯独不见老师的身影，我将头伸出墙外四处张望。

壁龛边的壁柱旁，一片昏暗的阴影里，可以看见一个巨大的白色包裹。定睛一看，方知是老师。他正尽可能地将白衣下的身体缩作一团，头埋在双膝之间，两袖掩面，蹲在地上。

老师保持着这一姿势纹丝不动，反倒是在一旁窥视的我心

---

①语出《论语·为政篇》，原文为：“为政以德，譬如北辰居其所而众星共之。”
②千利休（1522－1591），日本茶道千家流的创始人，被日本人称为“茶圣”。

中翻涌着种种思绪。

最初我想到的是，或许老师患上某种急病，正忍受着突然的发作，我真应该赶紧上前照顾。

然而有股力量制止了我。无论如何，我并不爱老师，也早已下了决心恨不得明日就火烧金阁，这样的照顾是伪善。而且我还心有畏惧，倘因这样的照顾导致被他示以谢意或关爱，那将会使我心软。

再仔细一看，我又觉得老师并未生病。不管怎么看，那姿势里都失去了自尊与威信，尽显谦卑，使人想到熟睡中的野兽。我能看到他的衣袖在微微颤抖，仿佛他的脊梁上正背负着某种看不见的重物。

这看不见的重物究竟是什么？是苦恼，还是老师自身无法承受的无能为力？

双耳渐渐适应了周围环境后，我隐约听见老师正轻声地颂唱着经文，却不知是哪一篇。老师的精神生活有着不为我们所知的晦暗一面，与之相比我竭尽全力尝试的一切恶行、罪过和傲慢根本不值一提。这种突如其来的想法刺伤了我的自尊。

对了，当时我注意到老师俯身的姿势像极了行脚僧请愿入寺修行遭拒后，成天在玄关前俯身于行李之上的模样，这在佛家被称为“庭诘”。倘若老师这样的高僧还去模仿这种新入寺的僧人的修行方式，那么其心境之谦卑着实令人惊叹。我不明白老师在对什么如此谦虚。就好像庭院中的小草、树枝上的绿叶、蛛网间的结露都对天空中的朝霞示以谦虚一样，老师也要以野兽的姿态寄托自身，对并不属于自身的恶行与罪业的本源示以谦虚吗？

突然我想到这是在做给我看！绝不会错。他知道我将经过这里才刻意做给我看。屡次感到自身的无能为力后，老师终于发现世上还有这种讽刺的训诫方法——以无言撕裂我的内心，使我心生怜悯，最终屈膝悔悟！

不可否认，我不知所措地观察着老师的那副模样，竟险些被感动所控制。无疑，我虽在力量对比上一直否定老师，但此刻竟然站在了几乎要向老师示以爱慕的边缘。多亏我想到了“这是在做给我看”，才逆转了一切，此刻我的心较之前更硬了。

就在这时，我突然想通了：纵火的决断不该依托于老师对我的驱逐。老师与我已是两个不同世界的人，绝不会再互相影响。我面前没有任何阻碍。甚至无须期待任何外力的帮助，只要在想的时候按照自身所想果断行事即可。

朝霞渐退，空中的云多了起来，鲜明的日照被迫离开了拱北楼的门廊。老师仍保持着俯身的姿势。我快步离开了。

六月二十五日，朝鲜爆发战乱。我的预感正在应验，世界正切实地驶向没落和毁灭。我必须抓紧了。

# 第十章

其实在五番町之行翌日我就做了一个尝试——拔去了金阁北侧墙板上两颗长约两寸的钉子。

金阁的第一层法水院有两处入口，东西各一处，皆从左右对开。守楼老头每夜前往金阁，先从里边关好西边的门，再从外边关上东边的门，最后上锁。然而我知道一处没有上锁、可以随意进出金阁的地点。从东门绕到后面，北侧有一处墙板，刚好位于金阁内摆放的模型背后。这块墙板已快腐朽，只要再拔去上下共六七颗钉子即可卸下。这些钉子都已松动，用手指即可拔出。我试着拔下两颗，用纸包好后保存在了抽屉的深处。几天过去了，似乎谁都没有察觉。一周过去了，照样无人察觉。二十八日晚上，我又悄悄地去拔了两颗回来。

那一日我目睹了老师蜷缩的身姿，终于下决心不借助任何人的力量。我在千本今出川的西阵警察局附近的药房买了安眠药，起初药房的人拿出三十粒装的小瓶，我要求换大瓶，最后用一百块买到一百粒装的大瓶。之后我又去往西阵警察局南面的五金店，花九十块钱买了一把刃长约四寸的带鞘小刀。

我在夜幕下的西阵警察局门口来回踱步，好几扇窗户都还亮着灯，身着开襟衬衫的刑警们夹着皮包进进出出，行色匆匆，没有一个人注意到我。过去二十年里从没有人注意到过我，现在这样的状态还在持续。现在的我还不重要，整个日本有几百万、几千万身处角落，不引人注意的人，我仍属于其中之一。这样的人是生是死都无关世间痛痒，这样的人身上的确有着某种安抚别人的东西。所以刑警们很放心，根本不会多看我一眼。在朦胧的红色门灯的照射下，刻有“西阵警察局”字样的石刻横幅上的“察”字已脱落。

返寺途中，我回味着今晚的采购经历，真是令人雀跃不已。

刀和药是我为了万一需要死时而准备的，一个刚成了家的男人为接下来的生活采购东西时的心情也不过如此，这让我觉得很有意思。回到寺里，我不厌其烦地看着这两样东西。我拔下刀鞘，舔舐着刀刃，刀刃上很快起了一层雾，舌尖明显能感到一阵寒意，紧接着是隐约的甜味。甜味仿佛从钢片的内芯、无法触碰的钢的本质部分散发而出，微微映射在了舌尖。如此明确的形状、深沉如海水般湛蓝的钢铁的光泽……它们与唾液混合，形成了萦绕在舌尖的清冽的甘甜。不一会儿，这份甘甜远去了。我高兴地遐想着有朝一日，自己的肉体即将因为这份甘甜的迸发而沉醉。我想，死的天空是明朗的，和生的天空一样。我随即忘却了阴暗的思绪。这世上不存在苦痛。

金阁里安装了战后最新式的火灾自动警报器，当金阁内部达到一定温度时，鹿苑寺办公室走廊上的警铃就会响起。六月二十九日晚，警报器出了故障。发现故障的是守楼老头，当时我恰巧在厨房，听到他在执事宿舍里报告此事。我感觉自己听到了来自上天的鼓励。

然而第二天，三十日早上，副司就打电话给警报器的交货工厂要求上门修理。守楼老头人不错，还特意告诉了我。我咬紧了嘴唇。昨夜明明是动手的大好时机，我却错过了那绝无仅有的机会。

傍晚时分，修理工来了。众人满脸好奇地在旁看他修理。修复过程耗时颇久，修理工一直摇头。旁观者逐一离去，我看了一会儿也走开了。接下来就是等待修理结束，修理工调试警铃，回荡在寺内的刺耳铃声对我来说将是绝望的信号。我在等待。夜晚如海潮般吞没了金阁，为修理而准备的小灯在黑暗中闪烁。警报没有响，束手无策的修理工表示明天再来。

七月一日，修理工食言了，没有来。不过寺里也没什么理由去催促他尽快修理。

六月三十日，我再次前往千本今出川，买了面包和夹心糕点。寺里不发零食，我常常从零花钱里省出些钱来买点心。

但三十日所买的点心并非因为肚子，也不是用来服安眠药用的。若一定要说，应该是内心的不安唆使了我。

提在手中鼓胀的纸袋与我之间的关系、眼下我正着手的完全孤独的行为和毫不起眼的糕点之间的关系……透过阴沉的天空渗出的阳光如同一阵闷热的雾霭，充斥着这条古老的街道。汗悄无声息地流淌，毫无征兆地在脊梁上划出一条冰冷的线。我感到疲乏。

糕点与我之间的关系，那究竟是什么呢？面对行为时，无论我的精神有多紧张、多试图集中，我的胃仍被孤独地留了下来，我猜想它将寻求这份孤独的保障。我感觉内脏仿佛我养的一条毫不起眼但绝不愿被驯服的狗，这些我早就知道。不管内心如何尝试觉醒，类似肠胃之类迟钝的脏器仍将任性地追求安稳的日常。

我知道自己的胃有所渴求，它渴求面包和夹心糕点。当我的精神渴求宝石时，它仍固执地渴求面包和夹心糕点。总有一天，当人们无望地尝试理解我的罪行时，这些糕点或将为他们提供适当的线索。人们一定会这样议论：“那家伙当时肚子饿了，他竟有如此**人性**的一面！”

这一天到来了。昭和二十五年七月一日。前面也提到了，火灾警报器今天恐怕修不好，下午六点这件事得到了确认。守楼老头再次打电话催促。修理工回应："抱歉，今天太忙，实在走不开，明天一定去。"

当天参观金阁的大约百人。六点半封门，人潮开始退去。守楼老头打完电话，带路参观的任务也完成了，于是站在厨房东侧的空旷处望着小菜园发呆。

外面飘着毛毛细雨。雨从早晨开始下下停停，加上还有些微风，天气并不闷热。雨中的菜园里零散地点缀着几朵南瓜花，一旁的田地蒙上了黝黑的色泽，上月初播下的大豆已发芽。

守楼老头思考事情时下巴总在颤抖，嘴里那副假牙嚼得咯咯作响。他每日带路参观重复着相同的说辞，内容却越来越难听清，全因为那副假牙。但哪怕旁人再劝，他也不打算重配。他盯着菜园嘀咕，嘀咕完了又嚼假牙，嚼完再嘀咕，估计是在抱怨警报器的修理工作没有进展。

我听着那些无法听清的嘀咕声，感觉他正说的是：不管是假牙还是警报器都不可能修好了。

晚上，一名稀客到鹿苑寺拜访老师，是福井县龙法寺的住持桑井禅海师父，曾与老师一同修行，而这意味着他与我父亲也是同样的关系。

老师外出了，电话打过去，得到的答复是他大概一个小时后回来。禅海师父此次到访京都，打算在鹿苑寺借住两晚。

父亲过去常常颇有兴致地提及禅海师父，我由此察觉父亲对禅海师父心怀敬爱。禅海师父长相与性格皆具男性气概，是典型的豪放型禅僧。他身高近六尺，肤色黝黑，眉宇轩昂，声如洪钟。

同门弟子前来唤我去，说禅海师父想趁等待老师时与我交谈。我有些踌躇，害怕禅海师父那纯粹而透彻的双眼看穿我今夜的企图。

禅海师父在十二叠大的大堂客殿盘腿而坐，正品尝着副司特意呈上的酒和下酒的斋饭。我去了以后替下此前在旁服侍斟酒的弟子，跪坐在禅海师父对面为其斟酒，背后是大殿外无声的雨和一片漆黑。此时禅海师父看到的只有我和梅雨时节的庭院之夜，我们二者皆阴暗晦涩。

然而禅海师父并没有为此所困。面对头一回见面的我，他爽朗地接连表示我与父亲很像，感叹我终于长大成人、我父亲过世实在可惜等等。

禅海师父身上有老师不具备的朴素，有父亲没有的力量。他的脸饱经日晒，鼻翼宽大，一双浓眉高耸紧蹙，活像一张大癋见的面具[1]。这并非一张工整的脸。内在的力量过剩，不受限制地向外发散，破坏了整张脸的和谐，甚至连突出的颧骨都像是

[1] 日本能剧面具的一种，面具形象双目圆睁，鼻孔张开，嘴唇紧闭，表情夸张。

南画中的山岩般嶙峋。

就是这样一个说话声音洪亮如惊雷的师父，却有着令我为之动容的亲切。这并非世间常有的亲切，而是为旅人提供歇脚阴凉的大树那粗糙的树根般的亲切，一种触感粗糙的亲切。越交谈，我越是警惕起今夜，唯独今夜，不能让自己的决心被这般亲切纠缠进而迟钝。我又心生疑虑，怀疑禅海师父是老师特地请来对付我的。不过专程为了我从福井县邀请至京都，这绝对不可能。禅海师父只是机缘巧合下的来客，是此次无比惨烈的结局的见证人而已。

盛有近两合[①]酒的大白瓷酒壶空了，我行礼后拿去再热一壶。当我捧着热乎乎的酒壶归来时，一种前所未有的情绪油然而生。我从未陷入过渴望被他人理解的冲动，可事到如今竟然有了渴求，希望被禅海师父一人所理解。再次上前斟酒时，我的眼神已与方才不同，闪烁着无尽的率真，这一点禅海师父应当有所察觉。

“您觉得我如何？”我问道。

“嗯，我看你像个认真的好学生，私下里有怎样的嗜好我不知道。不过可惜，如今不比从前，没有那么多可供玩乐的闲钱了。令尊、我和这里的住持，我们三人年轻时可干过不少荒唐事。”

---

①日本的容积单位，1合约为0.18升。

“我看起来像个平凡的学生？”

“看起来平凡比什么都好。平凡才好，那样不会招人非议。”

禅海师父的心里没有虚荣。身居高位的僧人总容易犯这个毛病，他们被要求具有全面的鉴赏水平，从人物到书画古玩皆须涉猎。为了不至于因失误而招人嘲笑，有人选择避免断定性的发言，他们当场做出符合禅僧身份的发言和判断，同时还会留下从多个角度进行解释的余地。禅海师父并不是这样。我十分清楚他所说的是他亲眼所见、真心所感之言。对于他那双纯粹而强势的眼睛所看到的事物，他不会一味追求其意义。意义可有可无。我认为禅海师父最伟大之处在于他观察事物比如观察我时，并不基于双眼所见之特性而标新立异，反而退一步以众生的角度去观察。对于禅海师父来说，单纯的主观世界没有任何意义。我明白了他试图表达的意思，进而安下心来。只要我在他人眼里看起来平凡，我就是平凡的。无论怎样尝试异常行为，我的平凡最终会像米筛上的米一样残留下来。

我感到不知不觉间，身体仿佛成了立于禅海师父面前的一棵安静内敛的小树。

“按照众人眼中的方式生存下去即为善吗？”

“也不尽然。当你的行为超出常理，旁人看你的眼光亦会相应地做出改变。世人皆善忘。”

“世人眼中的我和我心中的我，哪一个才是持久的呢？”

“两个都将消亡。即使强行使其持久，最终也会不了了之。

列车疾驰时，乘客静止；列车若停下，乘客则须下车。疾驰有终时，休憩有终时。都说死是最后的休憩，可它究竟能持续多久亦未可知。”

“请把我看透吧，”我终于开口道，“我并非您所想的那种人。请您看透我真正的心思。”

禅海师父将酒杯停在嘴边，直勾勾地盯着我。我的头顶是来自被雨打湿的鹿苑寺硕大漆黑的瓦片房顶一般无言的沉重。我浑身发抖。

禅海师父突然爽朗地笑了起来。“没有看透的必要。一切都已经写在了你的脸上。”他说道。

我感觉自己被完全理解了。我第一次得以化为空白。行为的勇气无比新鲜地汩汩翻涌，如水般渗入那片空白里。

老师回来了，时间是晚上九点。四名负责警卫的弟子如往常般开始在寺内巡逻。一切正常。

老师回寺后便与禅海师父对饮。夜里十二点半左右，一名弟子负责将禅海师父带往客房。随后，老师开始洗澡，即所谓的“开浴”。第二日凌晨一点，打更声停止，寺内陷入了寂静。雨仍旧无声飘零。

我独自坐在铺好的被褥上，感受着鹿苑寺内沉淀的夜晚。夜慢慢增加了它的密度和重量，我身处的库房内粗大的木柱和墙板仿佛正毕恭毕敬地承受着这古老的夜晚。

我品尝着口中的结巴，它还是老样子，就像手伸进布袋掏东西，无关的物品总来干扰，想找的东西怎么都找不到一般，哪怕只一个词也要反复折腾我一番后才肯蹦出唇间。我内在的厚重与浓密一如今天的夜晚，言语则像一只沉重的吊桶，在夜的深井中缓缓上升。

快了，再坚持一下，我心想。盘踞在我的内在与外在之间的这把锈锁将顺利地开启。内在与外在之间将畅通无阻，风将在二者间自由吹拂。吊桶将展开轻盈的双翅，一切将如宽阔的原野般在我面前展开，密室将荡然无存……这一切已近在咫尺。一切已来到我身边，触手可及……

幸福充盈体内，我竟在黑暗中静坐了一个钟头。我感觉有生以来从未像现在这样幸福。我在黑暗中猛地站起来。

我蹑手蹑脚地绕到大书院后面，换上事先准备好的草鞋，在蒙蒙细雨中沿着鹿苑寺后面的水沟直奔工地。工地上的木材已经不在了，四下弥漫着木屑被雨淋湿后的香气。这里堆放着买来的稻草，寺里曾经一次买进了四十捆，现在几乎都用完了，只剩三捆。

我抱起这三捆稻草，顺着田边往回走。僧房寂静无声。当我绕过厨房拐角到达执事宿舍后面时，那里厕所窗户的灯忽然亮了。我立即蹲下。

厕所里有人干咳了两下，好像是副司，随后是小便的动静，那声音听起来无比漫长。

我怕稻草被雨淋湿，于是俯身向前以胸口护住。厕所的气味因为雨而更浓了，沉淀在微风中轻摇的羊齿草丛里。小便声停止了，接着是身体踉跄撞在墙板上的声响，副司似乎没有完全清醒。灯光熄灭了，我再次抱起三捆稻草走向大书院的后面。

说到财产，我只有一个用来装日用品的藤条提箱和一个破旧的旅行箱，我打算把它们全都烧掉。今晚我已经把书籍、衣物、僧衣以及一切零碎物件全都塞进了这两个箱子。希望各位认可我的细致。我把搬运时会发出很大声响的物品如蚊帐挂钩之类的东西，以及无法燃烧完全容易留下证据的物品如烟灰缸、茶杯、墨水瓶之类，全都用坐垫包裹后打包另放。除以上物品之外，还有一床褥子和两床被子必须烧掉。这些大件行李，我已事先逐次搬到大书院的后门处堆好了。另外，我还去卸下了之前提到的金阁北面的那块墙板。

那一颗颗钉子仿佛扎在软泥里，很容易就拔掉了。我用身体支撑住倾斜的墙板，被雨打湿的朽木表面有些鼓胀，紧紧地贴在我的脸颊上，它并不如想象中般沉重。我将卸下的墙板横放在地上，瞥了一眼金阁内部，一片漆黑。

墙板的宽度够我侧身通过，我只身潜入金阁的黑暗中，一张奇异的脸使我不禁一惊，那是映在入口处摆放金阁模型的玻璃罩上、火柴光亮照射下的我自己的脸。

我出神地盯着玻璃柜内的金阁，虽然现在根本不是看它的时候。火柴宛如月亮，小小的金阁在其映照下摇曳生姿，纤细的木构架中满是惊惶，随即忽然被黑暗吞噬。火柴燃尽了。

火柴棍上的一点红光引起我的注意。我像曾经在妙心寺碰见的学生一般，谨慎地踩灭了火光，这一举动颇显怪异。随后我又擦亮一根火柴，走过六角经堂、三尊像，来到功德箱前。功德箱上排列着许多栅栏，方便人们往里边扔钱，火光闪烁下，看上去就像翻起了阵阵波浪。功德箱后方奉的是国宝——鹿苑院殿道义足利义满的木像。这是一尊身着法衣的坐像，长袖拖在左右两边，右手执笏，笏头横搭在左手，剃发后的头部较小，双眼睁开，脖子缩在衣领当中。那双眼睛似乎在火光中眨了一眨，但我并不害怕。这尊小小的人像是那样凄惨，在自己所建的宫殿一角正襟危坐，早已放弃了统治权力。

我打开了西面通往漱清的大门。前面已经说过，这扇左右对开的大门须从内部打开。飘着雨的夜空都比金阁内部明亮。门板已被淋湿，发出低沉的吱吱声。夜晚深蓝色的空气乘着微风徐徐而入。

义满的眼睛，义满的那双眼睛……我出门行至户外，往大书院后小跑而去，心中在想：一切都要在那双眼睛前进行，在那双看不见任何东西的、已死之证人的眼睛前……

裤子口袋里的东西在跑步时发出持续的声响，是火柴盒。我停下脚步，往火柴盒的空隙处塞了一些纸，才止住了声响。另一只口袋里，小刀和包在手帕里的安眠药瓶没有动静，塞了面包、夹心糕点和香烟的外套口袋从一开始就没响过。

我开始了机械性的动作。我分四次将堆在大书院后门的东西全都搬到了金阁内足利义满像前。最开始搬的是除去了吊环的蚊帐和一床被褥，接下来是两床被子，再往后是藤条提箱和旅行箱，接着是三捆稻草。这些东西被杂乱无章地堆了老高，三捆稻草放在蚊帐和被褥之间。蚊帐应该最容易引火，于是我将其摊开铺到其他东西上。

最后我返回大书院后面，拿上那个装满难以燃烧之物的包裹，去往金阁东面的湖边。从这里能看到湖里的夜泊石。由于我正好位于几棵松树的枝叶下，勉强还能躲躲雨。

湖面倒映着夜空，微微泛白，大片水藻仿佛陆地的延伸，只能从分散其中的缝隙里察觉水的存在。此时的雨已无法使湖面荡起涟漪。烟雨朦胧下水气弥漫，整个湖面似乎无止境地漫延开来。

我拾起脚边一颗小石子扔进湖里。石子激起的水声很大，仿佛四周的空气都随之断裂开来。我蜷缩着身子一动不动，因为我觉得只有这样的沉默才能消除方才预料之外的动静。

我将手伸入湖水，手指缠绕上了黏稠的水藻。我让蚊帐挂钩从泡在水里的手中滑落，接着将烟灰缸也沉入水中，仿佛在完成一次清洗。茶杯、墨水瓶都是用同样的方式处理的。该扔进水里的已全部扔掉，只剩下包裹他们的坐垫和包袱布还在一旁。我把这两样东西带回木像前，终于只剩点火了。

此时我忽然感到食欲来袭，这与事前的猜测完全吻合，反而使我有种遭遇背叛的感觉。昨天吃剩的面包和夹心糕点还在口袋里。我在夹克上擦了擦潮湿的手，狼吞虎咽起来。觉不出味道。味觉暂不去管，我的胃在嘶喊，只要将点心匆匆塞进嘴里即可。胸口在急剧起伏。终于全吞咽了下去，我捧了一口湖水喝下。

我距离行为只有一步之遥。通往行为的冗长准备悉数完成，站在准备的一端，接下来只消纵身一跃。只要一举手一投足，我就可以到达行为本身了。

我做梦也没想到，在这二者之间，深渊的入口已大开，足以吞下我的一生。当时的我正朝着金阁的方向眺望，以作为最后的告别。

金阁在雨夜的暗黑中若隐若现，轮廓并不清晰。它伫立着，泛着黑光，仿佛夜晚的结晶。仔细凝神观察可以发现，第三层究竟顶在构造上略显纤细，法水院和潮音洞中林立的细柱也隐约可见。这些曾经令我无比感动的细节，如今全都融化在了单调的黑暗之中。

不过随着我对美的追忆越来越强烈，这份黑暗也成了肆意描画幻想的底板。在这黑暗低沉的形态当中，隐藏着我所认为的美的全貌。因为记忆的力量，美的细节逐一在黑暗中闪现，闪光接二连三，最终在难分昼夜的时间的光耀下，金阁也渐渐清晰可见。金阁从未以如此完全而细致的姿态显现，每一处角落都闪闪发光地出现在我面前，仿佛我曾是盲人一般。金阁因自身散发的光亮而变得透明，即使从外侧也可清晰地看到潮音洞里天人奏乐的天井壁画和究竟顶的墙壁上历史悠久的金箔残片。金阁精巧的外部与内部结合了。它的构造、主题鲜明的轮廓、使主题逐渐具体化的对细节的反复推敲和装饰、对比及对称的效果，这些东西得以尽收我眼底。法水院与潮音洞，这两层的面积相同又略有差别，同时它们又被庇护在同一个深深的屋檐下，可谓两个极为相似的梦幻、两个极为相近的关于快乐的纪念重合了。倘若只有一处存在，则难保不被忘却，当上下形成亲密比照时，梦就成了现实，快乐幻化为建筑。然而这其中还承载了第三层究竟顶稍显收窄的外形，致使曾经一度被确认的现实崩溃了，一切皆被黑暗而华美的时代里高尚的哲学所统括，最终服从于它。于是由木板铺叠而成的阁顶之上，金凤凰独自面对未明的长夜。

建筑家不会因此满足。他在法水院的西侧添上了形似钓台的小小漱清，他将所有美的力量全赌在了打破均衡之上。漱清之于这座建筑，是一种对形而上学的反抗，它并未被引入池中太深，可看上去正从金阁的中心向外无限地逃离。漱清就像一只从这座建筑振翅飞翔的鸟，它展开羽翼，向着湖面，向着所有现世的事物逃遁而去。它意味着规范世界的秩序转而成了不规范的形态，或许也暗示着通往感官的桥梁。是的，金阁的精灵正是从漱清这座残存的断桥出发，造就了三层楼阁，又再次离这座桥远去。为什么呢？因为翻涌在湖面之上的莫大的感官力量才是暗中造就金阁之力的源泉，但这份力量在秩序完全建立、优美的三层建筑成形之后便不甘寄居于此，于是经由漱清重回湖面，重回无限的感官的潮涌之中，除了朝着故乡再次隐遁之外别无选择。我总是这样想，每当见到萦绕在镜湖池上的朝雾夕霭，我就觉得那才是建造金阁的巨大感官之力的栖息之所。

美，它统管了每一个细微之处的争执、矛盾与所有的不和谐，并最终君临于它们之上！就像在深蓝色册子上用金墨一字一句写就的献经一般，它就是在未明的长夜里以金墨造就的建筑。美就是金阁吗？又或者美等同于包裹了金阁的虚无的夜？一切均无从得知，恐怕二者皆有。它既是细节又是整体，既是金阁又是包裹着金阁的夜。如此一想我又觉得，曾经困扰我的无法解读金阁之美的问题，答案我大概知道了。因为即便确证了它的细节之美，确证了它的木柱、雕栏、窗格、蔀户、华头窗、攒尖顶……它的法水院、潮音洞、究竟顶、漱清……水面的倒影、湖中的小岛、松树直至木舟停泊之处，美也绝不会仅仅止于细节、完结于细节，每一处细节中都包含了下一个美的预兆。细节之美其本身极不安定，它追求完整而不知完结，永远被导向下一个美、未知的美。于是预兆和预兆之间得以相连，一个又一个并不存在于此的美的预兆才形成了金阁的主题。这些预兆是虚无的象征，虚无是这种美的结构，而这些细节中的不完全的美本就蕴含了虚无的征兆，这座比例精巧纤细的建筑仿佛风中飘摇的璎珞一般，因虚无的预感而瑟瑟颤抖。

虽然如此，金阁的美也没有终止的时候！它的美总是在某处回响。我就像患有耳鸣顽疾之人，所到之处皆可听见金阁的美在鸣叫，我早已习惯。倘若以声音来比喻，这座建筑应该是一只持续鸣响了五个半世纪的小金铃，或者是一把小巧的琴，如果声音停止……

我感到一阵强烈的疲惫。

虚幻的金阁仍旧在黑暗中的金阁之上清晰可见，并未停止闪耀。临湖的法水院的栏杆颇为谦虚地退让。屋檐之上，天竺样斗拱所支撑的潮音洞的雕栏正朝向湖水，满怀希望般地挺出胸脯。飞檐被湖面反射的光照亮，随着摇曳的波纹不停晃动。夕阳斜照与月光倾洒之下的金阁总显现出奇妙的形态，仿佛振翅欲飞，皆因这湖光映照。摇曳的水影使顽固形态之上的束缚得以化解，金阁与之结合，仿佛成了由风、水、火等材料构筑起来的建筑。

这是无法归类的美。我也明白我强烈的疲惫来自何处。美试图抓住最后的机会发挥其威力，如过往几次一般使我感到无助，以此束缚我。我的手脚已失去了知觉。刚才的我距离行为只差最后一步，现在的我又望而却步了。

“我所做的准备距离行为只有一步之遥。”我低语道，“行为本身完全成了一场梦，既然我已完全活在梦中，还有必要继续实现行为吗？难道不是多此一举吗？

“柏木的话可能是真的。他曾说，改变世界的不是行为而是认知。也有一种认知是最大限度地模仿行为，我的认知就属于这一种，并且让行为真正失效的也是此种认知。我试图尝试，所以才做了长久周密的准备，根本不是为了在最后得到**无须行为**的认知。

“看吧，如今行为对我而言不过是一种多余，它偏离了人生，偏离了我的意志，如同一台不相干的钢铁机器摆在我的面前，等待运转。行为与我之间仿佛一刀两断了。**到现在**我还是我，自此以后我将不再是我……为何我大费周章却是为了不再成为自我呢？”

我背靠着松树坐下，潮湿冰冷的树皮令我着迷。我觉得这样的感觉、这种寒冷才是我。世界停止了，还维持着当初的模样，没有欲望。我得到了满足。

如此强烈的疲惫究竟算什么呢？我想。心中无比燥热，毫无气力，连双手都无法随意动弹，我一定是病了。

金阁更加闪耀了，一如《弱法师》中俊德丸看到的日想观之景。

失明的俊德丸在黑暗中看到了斜阳与光影融汇交织的难波

海，他看到了夕阳映照下的万里无云、淡路绘岛、须磨明石，直至纪海。

我的身体似乎麻木了，眼泪不住地流淌。哪怕就这样直至清晨让人发现也罢，辩解的话我恐怕是一句也不会说。

一直以来，我讲述的都是关于自幼时起记忆的无助，但我还要多说一句，有时突然复苏的记忆将带来起死回生的力量。过往并非一味地将我们拖回过往，过往的种种记忆中有一些强力的钢铁发条，虽然为数不多，倘若当下的我们触碰到，发条将在瞬间伸展，我们将被推向未来。

我的身体麻木，心却在某处翻弄着记忆。有些话语出现了又消失，似乎已来到心中，却又立刻藏匿了踪迹。那些句子在呼唤我。它们接近我，应该是为了鼓舞我。

“向里向外，逢着便杀。”

这是那些话前面的一句，是《临济录》“示众”章中著名的一节。接下来的句子紧跟着浮现了出来：“逢佛杀佛，逢祖杀祖，逢罗汉杀罗汉，逢父母杀父母，逢亲眷杀亲眷，始得解脱。不与物拘，透脱自在。”

那些句子释放了深陷于无能为力之中的我，力量突然间在我体内满溢。当然，心中的某个部分仍然执拗地告诫我接下来应做之事亦属徒劳，但我的力量并不惧怕无益无用之事。正因其徒劳，才应要去做。

我卷起身旁的坐垫和包袱布夹在腋下，站了起来。我看了一眼金阁，金阁虚幻的光环开始淡去。雕栏渐渐被黑暗吞噬，林立的木柱也不再分明。水光散去，屋檐下的映照也随之消失。各处细节相继隐于暗夜，金阁转而化为只剩下漆黑的朦胧轮廓。

我跑了起来，绕至金阁的北面，脚已行动自如，没有丝毫踉跄。黑暗不断向我敞开前路指引着我。

相继跑过漱清和金阁西面的墙板后，我从左右对开的大门冲了进去，将腋下的坐垫和包袱布扔到了堆积的物品之上。

胸中雀跃地鼓动，潮湿的手在微微发抖。火柴也打湿了，第一根没点着，第二根从中折断了，我用手掌挡着风，第三根火柴终于照亮指缝，燃烧了起来。

我寻找着稻草。刚才虽已将三捆稻草塞到了这堆物品里，但位置早已忘了。正寻找时，火柴燃尽了，我就地蹲下，又取出两根火柴同时点燃。

火光勾勒出稻草堆积的复杂剪影，荒野般明朗的色泽浮于眼前，缓缓扩散至四方。本以为火苗藏匿在升腾起的烟雾中，没想到它意外地冲破远处鼓胀起来的绿色蚊帐，熊熊燃烧了起来。至此，四周开始喧嚣起来。

我的头脑出奇清醒。火柴数量有限，接下来我行至另一角，谨慎地擦亮一根火柴后引燃了另一捆稻草。升腾的火焰给我以安慰。从前和玩伴们放火玩耍时，我就善于点火。

法水院内部出现了巨大而摇曳的光影，中央的弥陀、观音、势至三尊佛像被照得通红。

几乎感觉不到热。看着火焰确实已蔓延至功德箱，我心想应该没问题了。

我忘却了安眠药和小刀，突然想在这片火光环绕之中死在究竟顶上。于是我在火焰中穿梭，爬上了狭窄的楼梯。通往潮音洞的大门为何开着？这并未使我起疑。是守楼老头忘记将二楼上锁了。

烟雾推搡着我的脊梁。我咳嗽着看了一眼据传是惠心绘的观音像，还有天人奏乐的天井壁画。烟雾渐渐充斥了潮音洞。我继续往上，试图推开通往究竟顶的门。

门没有开，三楼的门锁得很牢。

我拍打着那扇门，动静或许强烈，但我听不见。我拼命拍打，以为会有人从里替我将门打开。

此时我渴求究竟顶，无非因为它将是我的葬身之地。烟雾已逼近，我急切地拍着门，仿佛在求救一般。门内应该是只有二丈四尺七寸见方的小屋，此刻我迫切地向往着它。那间小屋里肯定贴满了金箔，哪怕如今脱落得厉害。我拍打着门，已经无法用言语形容我对那间光彩夺目小屋的憧憬之情。不管怎样，能进去就好，我心想。只要能到达那间金色的小屋……

我用尽力气拍打，光用手已经不够，我干脆拿身子撞。门仍然不开。

潮音洞已全是烟尘，脚下充斥着火焰爆裂的声音。我被烟雾呛得几乎要失去意识。我不停咳嗽，同时还在拍打着那扇门。门没有开。

一瞬间，我意识到自己遭到了拒绝。我没有丝毫犹豫，转身就沿着台阶往下。我在烟雾的旋涡中下至法水院，其间恐怕还穿越了火墙。我终于来到西面的门边，飞身冲出。我也不知下一步该去向何方，只是如韦驮天般奔跑。

我跑了，无法想象我毫不停歇地跑了多久。经过了哪里、如何经过的全不记得，应该是从拱北楼旁穿过北边的后门，经过明王殿，沿着矮竹和杜鹃丛生的山路而上，这才来到了左大文字山的山顶。

我倒在赤松树下的矮竹丛里，喘息着，以平复此刻极为强烈的动摇之心。我确实身处左大文字山顶，在正北方向守护着金阁的那座山。

山上的鸟因受惊吓而纷纷啼鸣，这才使我恢复了清晰的意识。其中一只鸟就在我眼前，拍打着巨大的翅膀翱翔。

仰面倒下的我，双眼望向夜空。惊惶的鸟儿鸣叫着飞过赤松枝头。余烬飘至头顶。

我起身俯瞰远方山谷间的金阁，异样的声音从那里传来，有些像爆竹声，又有些像无数人同时捏响了关节的响声。

从这里无法看清金阁的轮廓，只能看见翻滚的浓烟和冲天的火苗。余烬已开始在树木间翻飞，好似在金阁上空撒了一把金沙。

我跷起腿，久久地注视起这番景色。

回过神时我才发现，身体各处都是烧伤和擦伤，正流着血。手指也在渗血，应该是刚才拍门所致。我舔舐着伤口，像一头隐匿行踪的野兽。

我从口袋里翻出小刀和用手帕包着的安眠药瓶，将它们扔向谷底。

手指触碰到另一个口袋里的香烟。我抽起了烟，就像一些人在工作结束后想吞云吐雾休息一下一样。我决定活下去。

一九五六年八月十四日

图书在版编目（CIP）数据

金阁寺 / （日）三岛由纪夫著；代珂译．—— 北京：北京十月文艺出版社，2018.10

ISBN 978-7-5302-1852-5

Ⅰ．①金…　Ⅱ．①三…　②代…　Ⅲ．①长篇小说－日本－现代　Ⅳ．①I313.45

中国版本图书馆 CIP 数据核字（2018）第 166404 号

金阁寺
JIN GE SI
[日] 三岛由纪夫 著
代珂 译

出　　版　北京出版集团公司
　　　　　北京十月文艺出版社
地　　址　北京北三环中路 6 号
邮　　编　100120
网　　址　www.bph.com.cn
发　　行　新经典发行有限公司
　　　　　电话 (010)68423599
经　　销　新华书店
印　　刷　北京中科印刷有限公司
版　　次　2018 年 10 月第 1 版
　　　　　2023 年 1 月第 14 次印刷
开　　本　850 毫米 ×1168 毫米　1/32
印　　张　8.75
字　　数　162 千字
书　　号　ISBN 978-7-5302-1852-5
定　　价　49.50 元
质量监督电话　010-58572393
如有印装质量问题，由本社负责调换。